谈文学

朱光潜 / 著

译林出版社

图书在版编目（CIP）数据
谈文学／朱光潜著．—南京：译林出版社，2020.10
ISBN 978-7-5447-8387-3

Ⅰ.①谈… Ⅱ.①朱… Ⅲ.①文学理论 Ⅳ.①I0

中国版本图书馆CIP数据核字（2020）第162889号

谈文学 朱光潜／著

责任编辑 张海波
装帧设计 胡 苨
校 对 孙玉兰
责任印制 单 莉

出版发行 译林出版社
地 址 南京市湖南路1号A楼
邮 箱 yilin@yilin.com
网 址 www.yilin.com
市场热线 025-86633278
排 版 南京展望文化发展有限公司
印 刷 江苏凤凰新华印务集团有限公司
开 本 880毫米×1230毫米 1/32
印 张 5.25
插 页 4
版 次 2020年10月第1版
印 次 2020年10月第1次印刷
书 号 ISBN 978-7-5447-8387-3
定 价 26.00元

目　录

序

这些短文都是在抗战中最后几年陆续写成的，在几个不同的刊物上发表过，因为都是谈文学，所以我把它们结集成为这个小册子。

文学是谈不尽的，坊间文学入门之类书籍实在太多。这类书籍没有多大用处，人人都知道。学文学第一件要事是多玩索名家作品，其次是自己多练习写作，如此才能亲自尝出甘苦，逐渐养成一种纯正的趣味，学得一副文学家体验人情物态的眼光和同情。到了这步，文学的修养就大体算成功了。如果不在这个上面做功夫，读完任何数量的讨论文学的书籍，也无济于事。

这个小册子说浅一点不能算是文学入门，说深一点不能算是文学理论。它有时也为初入门者说法，有时也牵涉到理论，但是主要的是我自己学习文艺的甘苦之言。文学是我的第一个嗜好，这二十多年以来，很少有日子我不看到它，想到它。这些短文就是随时看和随时想所得到的一点收获。在写它们的时候，我一不敢凭空乱构，二不敢道听途说,我想努力做到“切实”二字。在这一点,我希望这个小册子和坊间一般文学入门之类书籍微有不同。我愿与肯用心的爱好文学的读者们印证经验。

文学与人生

文学是以语言文字为媒介的艺术。就其为艺术而言，它与音乐、图画、雕刻及一切号称艺术的制作有共同性：作者对于人生世相都必有一种独到的新鲜的观感，而这种观感都必有一种独到的新鲜的表现；这观感与表现即内容与形式，必须打成一片，融合无间，成为一种有生命的和谐的整体，能使观者由玩索而生欣喜。达到这种境界，作品才算是“美”。美是文学与其他艺术所必具的特质。就其以语言文字为媒介而言，文学所用的工具就是我们日常运思说话所用的工具，无待外求，不像形色之于图画、雕刻，乐声之于音乐。每个人不都能运用形色或音调，可是每个人只要能说话就能运用语言，只要能识字就能运用文字。语言文字是每个人表现情感思想的一套随身法宝，它与情感思想有最直接的关系。因为这个缘故，文学是一般人接近艺术的一条最直截简便的路；也因为这个缘故，文学是一种与人生最密切相关的艺术。

我们把语言文字联在一起说，是就文化现阶段的实况而言，其实在演化程序上，先有口说的语言而后有手写的文字，写的文字与说的语言在时间上的距离可以有数千年乃至数万年之久，到现在世间还有许多民族只有语言而无文字。远在文字未产生以前，人类就有语言，有了语言就有文学。文学是最原始的也是最普遍的一种艺术。在原始民族中，人人都欢喜唱歌，都欢喜讲故事，都欢喜戏拟人物的动作和姿态。这就是诗歌、小说和戏剧的起源。于今仍在世间流传的许多古代名著，像中国的《诗经》，希腊的《荷马史诗》，欧洲中世纪的民歌和英雄传说，原先都由口头传诵，后来才被人用文字写下来。在口头传诵的时期，文学大半是全民众的集体创作。一首歌或是一篇故事先由一部分人倡始，一部分人随和，后来一传十，十传百，辗转相传，每个传播的人都贡献一点心裁把原文加以润色或增损。我们可以说，文学作品在原始社会中没有固定的著作权，它是流动的，生生不息的，集腋成裘的。它的传播期就是它的生长期，它的欣赏者也就是它的创作者。这种文学作品最能表现一个全社会的人生观感，所以从前关心政教的人要在民俗歌谣中窥探民风国运，采风观乐在春秋时还是一个重要的政典。我们还可以进一步说，原始社会的文字就几乎等于它的文化，它的历史、政治、宗教、哲学等等都反映在它的诗歌、神话和传说里面。希腊的神话史诗，中世纪的民歌传说以及近代中国边疆民族的歌谣、神话和民间故事都可以为证。

口传的文学变成文字写定的文学，从一方面看，这是一个大进步，因为作品可以不纯由记忆保存，也不纯由口诵流传，它的影响可以扩充到更久更远。但从另一方面看，这种变迁也是文学的一个厄运，因为识字另需一番教育，文学既由文字保存和流传，文字便成为一种障碍，不识字的人便无从创造或欣赏文学，文学便变成一个特殊阶级的专利品。文人成了一个特殊阶级，而这阶级化又随社会演进而日趋尖锐，文学就逐渐和全民众疏远。这种变迁的坏影响很多，第一，文学既与全民众疏远，就不能表现全民众的精神和意识，也就不能从全民众的生活中吸收力量与滋养，它就不免由窄狭化而传统化、形式化、僵硬化。其次。它既成为一个特殊阶级的兴趣，它的影响也就限于那个特殊阶级，不能普及于一般人，与一般人的生活不发生密切关系，于是一般人就把它认为无足轻重。文学在文化现阶段中几已成为一种奢侈，而不是生活的必需。在最初，凡是能运用语言的人都爱好文学；后来文字产生，只有识字的人才能爱好文学；现在连识字的人也大半不能爱好文学，甚至有一部分人鄙视或仇视文学，说它的影响不健康或根本无用。在这种情形之下，一个人要郑重其事地来谈文学，难免有几分心虚胆怯，他至少须说出一点理由来辩护他的不合时宜的举动。这篇开场白就是替以后陆续发表的十几篇谈文学的文章做一个辩护。

先谈文学有用无用问题。一般人嫌文学无用，近代有一批主张“为文艺而文艺”的人却以为文学的妙处正在它无用。它和其他艺术一样，是人类超脱自然需要的束缚而发出的自由活动。比如说，茶壶有用，因能盛茶，是壶就可以盛茶，不管它是泥的瓦的扁的圆的，自然需要止于此。但是人不以此为满足，制壶不但要能盛茶，还要能娱目赏心，于是在质料、式样、颜色上费尽机巧以求美观。就浅狭的功利主义看，这种功夫是多余的，无用的；但是超出功利观点来看，它是人自作主宰的活动。人不惮烦要做这种无用的自由活动，才显得人是自家的主宰，有他的尊严，不只是受自然驱遣的奴隶；也才显得他有一片高尚的向上心。要胜过自然，要弥补自然的缺陷，使不完美的成为完美。文学也是如此。它起于实用，要把自己所知所感的说给旁人知道；但是它超过实用，要找好话说，要把话说得好，使旁人在话的内容和形式上同时得到愉快。文学所以高贵，值得我们费力探讨，也就在此。

这种“为文艺而文艺”的看法确有一番正当道理，我们不应该以浅狭的功利主义去估定文学的身价。但是我以为我们纵然退一步想，文学也不能说是完全无用。人之所以为人，不只因为他有情感思想，尤在他能以语言文字表现情感思想。试假想人类根本没有语言文字，像牛羊犬马一样，人类能否有那样光华灿烂的文化？文化可以说大半是语言文字的产品。有了语言文字，许多崇高的思想，许多微妙的情境，许多可歌可泣的事迹才能流传广播，由一个心灵出发，去感动无数心灵，去启发无数心灵的创造。这感动和启发的力量大小与久暂，就看语言文字运用得好坏。在数千载之下，《左传》、《史记》所写的人物事迹还活现在我们眼前，若没有左丘明、司马迁的那种生动的文笔，这事如何能做到？在数千载之下，柏拉图的《对话集》所表现的思想对于我们还是那么亲切有趣，若没有柏拉图的那种深入而浅出的文笔，这事又如何能做到？从前也许有许多值得流传的思想与行迹,因为没有遇到文人的点染,就湮没无闻了。我们自己不时常感觉到心里有话要说而说不出的苦楚么?孔子说得好:“言之无文,行之不远。”单是“行远”这一个功用就深广不可思议。

柏拉图、卢梭、托尔斯泰和程伊川都曾怀疑到文学的影响,以为它是不道德的或是不健康的。世间有一部分文学作品确有这种毛病,本无可讳言,但是因噎不能废食,我们只能归咎于作品不完美,不能断定文学本身必有罪过。从纯文艺观点看,在创作与欣赏的聚精会神的状态中,心无旁涉,道德的问题自无从闯入意识阈。纵然离开美感态度来估定文学在实际人生中的价值,文艺的影响也决不会是不道德的,而且一个人如果有纯正的文艺修养,他在文艺方面所受的道德影响可以比任何其他体验与教训的影响更为深广。“道德的”与“健全的”原无二义。健全的人生理想是人性的多方面的谐和的发展,没有残废也没有臃肿。譬如草木,在风调雨顺的环境之下,它的一般生机总是欣欣向荣,长得枝条茂畅,花叶扶疏。情感思想便是人的生机,生来就需要宣泄生长,发芽开花。有情感思想而不能表现,生机便遭窒塞残损,好比一株发育不完全而呈病态的花草。文艺是情感思想的表现,也就是生机的发展,所以要完全实现人生,离开文艺决不成。世间有许多对文艺不感兴趣的人干枯浊俗,生趣索然,其实都是一些精神方面的残废人,或是本来生机就不畅旺,或是有畅旺的生机因为窒塞而受摧残。如果一种道德观要养成精神上的残废人,它本身就是不道德的。

表现在人生中不是奢侈而是需要,有表现才能有生展,文艺表现情感思想，同时也就滋养情感思想使它生展。人都知道文艺是“怡情养性”的。请仔细玩索“怡养”两字的意味！性情在怡养的状态中，它必定是健旺的、生发的、快乐的。这“怡养”两字却不容易做到，在这纷纭扰攘的世界中，我们大部分时间与精力都费在解决实际生活问题，奔波劳碌，很机械地随着疾行车流转，一日之中能有几许时刻回想到自己有性情？还论怡养！凡是文艺都是根据现实世界而铸成另一超现实的意象世界，所以它一方面是现实人生的返照，一方面也是现实人生的超脱。让性情怡养在文艺的甘泉时，我们霎时间脱去尘劳，得到精神的解放，心灵如鱼得水地徜徉自乐；或是用另一个比喻来说，在干燥闷热的沙漠里走得很疲劳之后，在清泉里洗一个澡，绿树荫下歇一会儿凉。世间许多人在劳苦里打翻转，在罪孽里打翻转，俗不可耐，苦不可耐，原因只在洗澡歇凉的机会太少。

从前中国文人有“文以载道”的说法，后来有人嫌这看法的道学气太重，把“诗言志”一句老话抬出来，以为文学的功用只在言志；释志为“心之所之”，因此言志包含表现一切心灵活动在内。文学理论家于是分文学为“载道”、“言志”两派，仿佛以为这两派是两极端，绝不相容——“载道”是“为道德教训而文艺”，“言志”是“为文艺而文艺”。其实这问题的关键全在“道”字如何解释。如果释“道”为狭义的道德教训，载道显然就小看了文学。文学没有义务要变成劝世文或是修身科的高头讲章。如果释“道”为人生世相的道理，文学就决不能离开“道”，“道”就是文学的真实性。志为心之所之，也就要合乎“道”，情感思想的真实本身就是“道”，所以“言志”即“载道”，根本不是两回事，哲学科学所谈的是“道”，文艺所谈的仍然是“道”，所不同者哲学科学的道是抽象的，是从人生世相中抽绎出来的，好比从盐水中所提出来的盐；文艺的道是具体的，是含蕴在人生世相中的，好比盐溶于水，饮者知咸，却不辨何者为盐，何者为水。用另一个比喻来说，哲学科学的道是客观的、冷的、有精气而无血肉的；文艺的道是主观的、热的，通过作者的情感与人格的渗沥，精气和血肉凝成完整生命的。换句话说，文艺的“道”与作者的“志”融为一体。

我常感觉到，与其说“文以载道”，不如说“因文证道”。《楞严经》记载佛有一次问他的门徒从何种方便之门，发菩提心，证圆通道。几十个菩萨罗汉轮次起答，有人说从声音，有人说从颜色，有人说从香味，大家总共说出二十五个法门（六根、六尘、六识、七大，每一项都可成为证道之门）。读到这段文章，我心里起了一个幻想，假如我当时在座，轮到我起立作答时，我一定说我的方便之门是文艺。我不敢说我证了道，可是从文艺的玩索，我窥见了道的一斑。文艺到了最高的境界，从理智方面说，对于人生世相必有深广的观照与彻底的了解，如阿波罗凭高远眺，华严世界尽成明镜里的光影，大有佛家所谓“万法皆空，空而不空”的景象；从情感方面说，对于人世悲欢好丑必有平等的真挚的同情，冲突化除后的谐和，不沾小我利害的超脱，高等的幽默与高等的严肃，成为相反者之同一。柏格森说世界时时刻刻在创化中，这好比一条无始无终的河流，孔子所看到的“逝者如斯夫，不舍昼夜”，希腊哲人所看到的“濯足清流，抽足再入，已非前水”，所以时时刻刻有它的无穷的兴趣。抓住某一时刻的新鲜景象与兴趣而给以永恒的表现,这是文艺。一个对于文艺有修养的人决不感觉到世界的干枯或人生的苦闷。他自己有表现的能力固然很好,纵然不能,他也有一双慧眼看世界,整个世界的动态便成为他的诗,他的图画,他的戏剧,让他的性情在其中"怡养"。到了这种境界,人生便经过了艺术化,而身历其境的人,在我想,可以算是一个有"道"之士。从事于文艺的人不一定都能达到这个境界,但是它究竟不失为一个崇高的理想,值得追求,而且在努力修养之后,可以追求得到。

资禀与修养

拉丁文中有一句名言:“诗人是天生的不是造作的。”这句话本有不可磨灭的真理,但是往往被不努力者援为口实。迟钝人说,文学必须靠天才,我既没有天才,就生来与文学无缘,纵然努力,也是无补费精神。聪明人说,我有天才,这就够了,努力不但是多余的,而且显得天才还有缺陷,天才之所以为天才,正在他不费力而有过人的成就。这两种心理都很普遍,误人也很不浅。文学的门本是大开的。迟钝者误认为它关得很严密不敢去问津;聪明者误认为自己生来就在门里,用不着摸索。他们都同样地懒怠下来,也同样地被关在门外。

从前有许多迷信和神秘色彩附丽在“天才”这个名词上面,一般人以为天才是神灵的凭借,与人力全无关系。近代学者有人说它是一种精神病,也有人说它是“长久的耐苦”。这个名词似颇不易用科学解释。我以为与其说“天才”,不如说“资禀”。资禀是与生俱来的良知良能,只有程度上的等差,没有绝对的分别,有人多得一点,有人少得一点。所谓“天才”

不过是在资禀方面得天独厚,并没有什么神奇。莎士比亚和你我相去虽不可以道里计,他所有的资禀你和我并非完全没有,只是他有的多,我们有的少。若不然,他和我们在智能上就没有共同点,我们也就无从了解他、欣赏他了。除白痴以外,人人都多少可以了解欣赏文学,也就多少具有文学所必需的资禀。不单是了解欣赏,创作也还是一理。文学是用语言文字表现思想情感的艺术,一个人只要有思想情感,只要能运用语言文字,也就具有创作文学所必需的资禀。

就资禀说,人人本都可以致力文学;不过资禀有高有低,每个人成为文学家的可能性和在文学上的成就也就有大有小。我们不能对于每件事都能登峰造极,有几分欣赏和创作文学的能力,总比完全没有好。要每个人都成为第一流文学家,这不但是不可能,而且也大可不必;要每个人都能欣赏文学,都能运用语言文字表现思想情感,这不但是很好的理想,而且是可以实现和应该实现的理想。一个人所应该考虑的,不是我究竟应否在文学上下一番功夫(这不成为问题,一个人不能欣赏文学,不能发表思想情感,无疑地算不得一个受教育的人),而是我究竟还是专门做文学家,还是只要一个受教育的人所应有的欣赏文学和表现思想情感的能力?

这第二个问题确值得考虑。如果只要有一个受教育的人所应有的欣赏文学和表现思想情感的能力,每个人只须经过相当的努力,都可以达到,不能拿没有天才做借口;如果要专门做文学家,他就要自问对文学是否有特优的资禀。近代心理学家研究资禀,常把普遍智力和特殊智力分开。普遍智力是施诸一切对象而都灵验的,像一把同时可以打开许多种锁的钥匙;特殊智力是施诸某一种特殊对象而才灵验的,像一把只能打开一种锁的钥匙。比如说,一个人的普遍智力高,无论读书、处事或作战、经商,都比低能人要强;可是读书、处事、作战、经商各需要一种特殊智力。尽管一个人件件都行,如果他的特殊智力在经商,他在经商方面的成就必比做其他事业都强。对于某一项有特殊智力,我们通常说那一项为"性之所近"。一个人如果要专门做文学家就非性近于文学不可。如果性不相近而勉强去做文学家,成功的固然并非绝对没有,究竟是用违其才;不成功的却居多数,那就是精力的浪费了。世间有许多人走错门路,性不近于文学而强做文学家,耽误了他们在别方面可以有为的才力,实在很可惜。"诗人是天生的不是造作的"这句话,对于这种人确是一个很好的当头棒。

但是这句话终有语病。天生的资禀只是潜能,要潜能成为事实,不能不借人力造作。好比花果的种子,天生就有一种资禀可以发芽成树、开花结实,但是种子有很多不发芽成树、开花结实的,因为缺乏人工的培养。种子能发芽成树、开花结实,有一大半要靠人力,尽管它天资如何优良。人的资禀能否实现于学问事功的成就,也是如此。一个人纵然生来就有文学的特优资禀,如果他不下功夫修养,他必定是苗而不秀,华而不实。天才愈卓越,修养愈深厚,成就也就愈伟大。比如说李白、杜甫对于诗不能说是无天才,可是读过他们诗集的人都知道这两位大诗人所下的功夫。李白在人生哲学方面有道家的底子,在文学方面从《诗经》、《楚辞》直到齐梁体诗,他没有不费苦心模拟过。杜诗无一字无来历为世所共知。他自述经验说:“读书破万卷,下笔如有神。”西方大诗人像但丁、莎士比亚、歌德诸人,也没有一个不是修养出来的。莎士比亚是一般人公评为天才多于学问的,但是谁能测量他的学问的深浅?医生说,只有医生才能写出他的某一幕;律师说,只有学过法律的人才能了解他的某一剧的术语。你说他没有下功夫研究过医学、法学等等?我们都惊讶他的成熟作品的伟大,却忘记他的大半生精力都费在改编前人的剧本,在其中讨诀窍。这只是随便举几个例。完全是“天生”的而不经“造作”的诗人,在历史上却无先例。

孔子有一段论学问的话最为人所称道:“或生而知之,或学而知之,或困而知之,及其知之一也。”这话确有至理,但亦看“知”的对象为何。如果所知的是文学,我相信“生而知之”者没有,“困而知之”者也没有,大部分文学家是有“生知”的资禀,再加上“困学”的功夫,“生知”的资禀多一点,“困学”的功夫也许可以少一点。牛顿说:“天才是长久的耐苦。”这话也须用逻辑眼光去看,长久的耐苦不一定造成天才,天才却有赖于长久的耐苦。一切的成就都如此,文学只是一例。

天生的是资禀,造作的是修养;资禀是潜能,是种子;修养使潜能实现,使种子发芽成树,开花结实。资禀不是我们自己力量所能控制的,修养却全靠自家的努力。在文学方面,修养包含极广,举其大要,约有三端:

第一是人品的修养。人品与文品的关系是美学家争辩最烈的问题,我们在这里只能说一个梗概。从一方面说,人品与文品似无必然的关系。

魏文帝早已说过:“古今文人类不护细行。”刘彦和在《文心雕龙·程器》篇里一口气就数了一二十个没有品行的文人,齐梁以后有许多更显著的例,像冯延巳、严嵩、阮大铖之流还不在内。在克罗齐派美学家看,这也并不足为奇。艺术的活动出于直觉,道德的活动处于意志;一为超实用的,一为实用的,二者实不相谋。因此,一个人在道德上的成就不能裨益也不能妨害他在艺术上的成就,批评家也不应从他的生平事迹推论他的艺术的人格。

但是从另一方面说,言为心声,文如其人。思想情感为文艺的渊源,性情品格又为思想情感的型范,思想情感真纯则文艺华实相称,性情品格深厚则思想情感亦自真纯。“仁者之言霭如”,“诐辞知其所蔽”。屈原的忠贞耿介,陶潜的冲虚高远,李白的徜徉自恣,杜甫的每饭不忘君国,都表现在他们的作品里面。他们之所以伟大,就因为他们的一篇一什都不仅为某一时会即景生情偶然兴到的成就,而是整个人格的表现。不了解他们的人格,就决不能彻底了解他们的文艺。从这个观点看,培养文品在基础上下功夫就必须培养人品。这是中国先儒的一致主张,“文以载道”说也就是从这个看法出来的。

人是有机体,直觉与意志,艺术的活动与道德的活动恐怕都不能像克罗齐分得那样清楚。古今尽管有人品很卑鄙而文艺却很优越的,究竟是占少数,我们可以用心理学上的“双重人格”去解释。在甲重人格(日常的)中一个人尽管不矜细行,在乙重人格(文艺的)中他却谨严真诚。这种双重人格究竟是一种变态,如论常例,文品表现人品是千真万确的事实。所以一个人如果想在文艺上有真正伟大的成就，他必须有道德的修养。我们并非鼓励他去做狭隘的古板的道学家，我们也并不主张一切文学家在品格上都走一条路。文品需要努力创造，各有独到，人品亦如此，一个文学家必须有真挚的性情和高远的胸襟，但是每个人的性情中可以特有一种天地，每个人的胸襟中可以特有一副丘壑，不必强同而且也决不能强同。

其次是一般学识经验的修养。文艺不单是作者人格的表现，也是一般人生世相的返照。培养人格是一套功夫，对于一般人生世相积蓄丰富而正确的学识经验又另是一套功夫。这可以分两层说。一是读书。从前中国文人以能熔经铸史为贵，韩愈在《进学解》里发挥这个意思，最为详尽。读书的功用在储知蓄理，扩充眼界，改变气质。读的范围愈广，知识愈丰富，审辨愈精当，胸襟也愈恢阔。在近代，一个文人不但要博习本国古典，还要涉猎近代各科学问，否则见解难免偏蔽。这事固然很难。我们第一要精选，不浪费精力于无用之书；第二要持恒，日积月累，涓涓终可成江河；第三要有哲学的高瞻远瞩，科学的客观剖析，否则食而不化，学问反足以梏没性灵。其次是实地观察体验。这对于文艺创作或比读书还更重要。从前中国文人喜游名山大川，一则增长阅历，一则吸纳自然界瑰奇壮丽之气与幽深玄渺之趣。其实这种“气”与“趣”不只在自然中可以见出，在一般人生世相中也可得到。许多著名的悲喜剧与近代小说所表现的精神气魄正不让于名山大川。观察体验的最大的功用还不仅在此，尤其在洞达人情物理。文学超现实而却不能离现实，它所创造的世界尽管有时是理想的，却不能不有现实世界的真实性。近代写实主义者主张文学须有“凭证”,就因为这个道理。你想写某一种社会或某一种人物,你必须对于那种社会那种人物的外在生活与内心生活都有彻底的了解,这非多观察多体验不可。要观察得正确,体验得深刻,你最好投身他们中间,和他们过同样的生活。你过的生活愈丰富,对于人性的了解愈深广,你的作品自然愈有真实性,不致如雾里看花。

第三是文学本身的修养。“工欲善其事,必先利其器”。文学的器具是语言文字。我们第一须认识语言文字,其实须有运用语言文字的技巧。这事看来似很容易,因为一般人日常都在运用语言文字;但是实在极难,因为文学要用平常的语言文字产生不平常的效果。文学家对于语言文字的了解必须比一般人都较精确,然后可以运用自如。他必须懂得字的形声义,字的组织以及音义与组织对于读者所生的影响。这要包含语文学、逻辑学、文法、美学和心理学各科知识。从前人作文言文很重视小学(即语文学),就已看出工具的重要。我们现在作语体文比作文言文更难。一则语言文字有它的历史渊源,我们不能因为作语体文而不研究文言文所用的语文,同时又要特别研究流行的语文;一则文言文所需要的语文知识有许多专书可供给,流行的语文的研究还在草创,大半还靠作者自己努力去摸索。在现代中国,一个人想做出第一流文学作品,别的条件不用说,单说语文研究一项,他必须有深厚的修养,他必须达到有话都可说出而且说得好的程度。

运用语言文字的技巧一半根据对于语言文字的认识，一半也要靠虚心模仿前人的范作。文艺必止于创造，却必始于模仿，模仿就是学习。最简捷的办法是精选模范文百篇左右（能多固好；不能多，百篇就很够），细心研究每篇的命意布局分段造句和用字，务求透懂，不放过一字一句，然后把它熟读成诵，玩味其中声音节奏与神理气韵，使它不但沉到心灵里去，还须沉到筋肉里去。这一步做到了，再拿这些模范来模仿（从前人所谓"拟"），模仿可以由有意的渐变为无意的。习惯就成了自然。入手不妨尝试各种不同的风格，再在最合宜于自己的风格上多下功夫，然后融合各家风格的长处，成就一种自己独创的风格。从前作古文的人大半经过这种训练，依我想，作语体文也不能有一个更好的学习方法。

以上谈文学修养，仅就其大者略举几端，并非说这就尽了文学修养的能事。我们只要想一想这几点所需要的功夫，就知道文学并非易事，不是全靠天才所能成功的。

文学的趣味

文学作品在艺术价值上有高低的分别，鉴别出这高低而特有所好，特有所恶，这就是普通所谓趣味。辨别一种作品的趣味就是评判，玩索一种作品的趣味就是欣赏，把自己在人生自然或艺术中所领略得的趣味表现出就是创造。趣味对于文学的重要于此可知。文学的修养可以说就是趣味的修养。趣味是一个比喻，由口舌感觉引申出来的。它是一件极寻常的事，却也是一件极难的事。虽说“天下之口有同嗜”而实际上“人莫不饮食也，鲜能知味”。它的难处在没有固定的客观的标准，而同时又不能完全凭主观的抉择。说完全没有客观的标准吧，文章的美丑犹如食品的甜酸，究竟容许公是公非的存在；说完全可以凭客观的标准吧，一般人对于文艺作品的欣赏有许多个别的差异，正如有人嗜甜，有人嗜辣。在文学方面下过一番功夫的人都明白文学上趣味的分别是极微妙的，差之毫厘往往谬以千里。极深厚的修养常在毫厘之差上见出，极艰苦的磨炼也常是在毫厘之差上做功夫。

举一两个实例来说。南唐中主的《浣溪沙》是许多读者所熟读的：

> 菡萏香销翠叶残，西风愁起绿波间。还与韶光共憔悴，不堪看。
> 细雨梦回鸡塞远，小楼吹彻玉笙寒。多少泪珠何限恨，倚阑干。

冯正中、王荆公诸人都极赏“细雨梦回”二句，王静安在《人间词话》里却说：“菡萏香销二句大有众芳芜秽美人迟暮之感，乃古今独赏其细雨梦回二句，故知解人正不易得。”《人间词话》又提到秦少游的《踏莎行》，这首词最后两句是“郴江幸自绕郴山，为谁流下潇湘去”，最为苏东坡所叹赏；王静安也不以为然：“少游词境最为凄婉，至‘可堪孤馆闭春寒，杜鹃声里斜阳暮’，则变而为凄厉矣。东坡赏其后二语，犹为皮相。”

这种优秀的评判正足见趣味的高低。我们玩味文学作品时，随时要评判优劣，表示好恶，就随时要显趣味的高低。冯正中、王荆公、苏东坡诸人对于文学不能说算不得“解人”，他们所指出的好句也确实是好，可是细玩王静安所指出的另外几句，他们的见解确不无可议之处，至少是“郴江绕郴山”二句实在不如“孤馆闭春寒”二句。几句中间的差别微妙到不易分辨的程度，所以容易被人忽略过去。可是它所关却极深广，赏识“郴江绕郴山”的是一种胸襟，赏识“孤馆闭春寒”的另是一种胸襟；同时，在这一两首词中所用的鉴别的眼光可以应用来鉴别一切文艺作品，显出同样的抉择，同样的好恶，所以对于一章一句的欣赏大可见出一个人的一般文学趣味。好比善饮酒者有敏感鉴别一杯酒，就有敏感鉴别一切的酒。趣味其实就是这样的敏感。离开这一点敏感，文艺就无由欣赏，好丑妍媸就变成平等无别。

不仅欣赏，在创作方面我们也需要纯正的趣味。每个作者必须是自己的严正的批评者，他在命意布局遣词造句上都须辨析锱铢，审慎抉择，不肯有一丝一毫含糊敷衍。他的风格就是他的人格，而造成他的特殊风格的就是他的特殊趣味。一个作家的趣味在他的修改锻炼的功夫上最容易见出。西方名家的稿本多存在博物馆，其中修改的痕迹最足发人深省。中国名家修改的痕迹多随稿本湮没，但在笔记杂著中也偶可见一斑。姑举一例。黄山谷的《冲雪宿新寨》一首七律的五六两句原为“俗学近知回首晚，病身全觉折腰难”。这两句本甚好，所以王荆公在都中听到，就击节赞叹，说“黄某非风尘俗吏”。但是黄山谷自己仍不满意，最后改为“小吏有时须束带，故人颇问不休官”。这两句仍是用陶渊明见督邮的典故，却比原文来得委婉有含蓄。弃彼取此，亦全凭趣味。如果在趣味上不深究，黄山谷既写成原来两句，就大可苟且偷安。

以上谈欣赏和创作，摘句说明，只是为其轻而易举，其实一切文艺上的好恶都可作如是观。你可以特别爱好某一家，某一体，某一时代，某一派别，把其余都看成左道狐禅。文艺上的好恶往往和道德上的好恶同样地强烈深固，一个人可以在趣味异同上区别敌友，党其所同，伐其所异。文学史上许多派别，许多笔墨官司，都是这样起来的。

在这里我们会起疑问：文艺有好坏，爱憎起于好坏，好的就应得一致爱好，坏的就应得一致憎恶，何以文艺的趣味有那么大的分歧呢？你拥护六朝，他崇拜唐宋；你赞赏苏辛，他推尊温李，纷纭扰攘，莫衷一是。作品的优越不尽可为凭，莎士比亚、布莱克、华兹华斯一般开风气的诗人在当时都不很为人重视。读者的深厚造诣也不尽可为凭，托尔斯泰攻击莎士比亚和歌德，约翰逊看不起弥尔顿，法朗士讥诮荷马和维吉尔。这种趣味的分歧是极有趣的事实。粗略地分析，造成这事实的有下列几个因素：

第一是资禀性情。文艺趣味的偏向在大体上先天已被决定。最显著的是民族根性。拉丁民族最喜欢明晰，条顿民族最喜欢力量，希伯来民族最喜欢严肃，他们所产生的文艺就各具一种风格，恰好表现他们的国民性。就个人论，据近代心理学的研究，许多类型的差异都可以影响文艺的趣味。比如在想象方面，“造形类”人物要求一切像图画那样一目了然，“涣散类”人物喜欢一切像音乐那样迷离隐约；在性情方面，“硬心类”人物偏袒阳刚，“软心类”人物特好阴柔；在天然倾向方面，“外倾”者喜欢戏剧式的动作，“内倾”者喜欢独语体诗式的默想。这只是就几个荦荦大端来说，每个人在资禀性情方面还有他的特殊个性，这和他的文艺的趣味也密切相关。

其次是身世经历。《世说新语》中谢安有一次问子弟：“《毛诗》何句最佳？”谢玄回答：“昔我往矣，杨柳依依；今我来思，雨雪霏霏。”谢安表示异议，说：“‘讦谟定命，远猷辰告’句有雅人深致。”这两人的趣味不同，却恰合两人不同的身份。谢安自己是当朝一品，所以特别能欣赏那形容老成谋国的两句；谢玄是翩翩佳公子，所以那流连风景，感物兴怀的句子很合他的口胃。本来文学欣赏，贵能设身处地去体会。如果作品所写的与自己所经历的相近，我们自然更容易了解，更容易起同情。杜工部的诗在这抗战期中读起来，特别亲切有味，也就是这个道理。

第三是传统习尚。法国学者泰纳著《英国文学史》，指出“民族”、“时代”、“周围”为文学的三大决定因素，文艺的趣味也可以说大半受这三种势力形成。各民族、各时代都有它的传统，每个人的“周围”（法文 milieu 略似英文 circle，意谓“圈子”，即常接近的人物，比如说，属于一个派别就是站在那个圈子里）都有它的习尚。在西方，古典派与浪漫派、理想派和写实派；在中国，六朝文与唐宋古文，选体诗、唐诗和宋诗，五代词、北宋词和南宋词，桐城派古文和阳湖派古文，彼此中间都树有很森严的壁垒。投身到某一派旗帜之下的人，就觉得只有那一派是正统，阿其所好，以致目空其余一切。我个人与文艺界朋友的接触，深深地感觉到传统习尚所产生的一些不愉快的经验。我对新文学属望很殷，费尽千言万语也不能说服国学耆宿们，让他们相信新文学也自有一番道理。我也很爱读旧诗文，向新文学作家称道旧诗文的好处，也被他们嗤为顽腐。此外新旧文学家中又各派别之下有派别，京派海派，左派右派，彼此相持不下。我冷眼看得很清楚，每派人都站在一个“圈子”里，那圈子就是他们的“天下”。

一个人在创作和欣赏时所表现的趣味，大半由上述三个因素决定。

资禀性情、身世经历和传统习尚，都是很自然地套在一个人身上的，轻易不能摆脱，而且它们的影响有好有坏，也不必完全摆脱。我们应该做的功夫是根据固有的资禀性情而加以磨砺陶冶，扩充身世经历而加以细心的体验，接收多方的传统习尚而求截长取短，融会贯通。这三层功夫就是普通所谓学问修养。纯恃天赋的趣味不足为凭，纯恃环境影响造成的趣味也不足为凭，纯正的可凭的趣味必定是学问修养的结果。

孔子有言："知之者不如好之者，好之者不如乐之者"，仿佛以为知、好、乐是三层事，一层深一层；其实在文艺方面，第一难关是知，能知就能好，能好就能乐。知、好、乐三种心理活动融为一体，就是欣赏，而欣赏所凭的就是趣味。许多人在文艺趣味上有欠缺，大半由于在知上有欠缺。

有些人根本不知，当然不会感到趣味，看到任何好的作品都如蠢牛听琴，不起作用。这是精神上的残废。犯这种毛病的人失去大部分生命的意味。

有些人知得不正确，于是趣味低劣，缺乏鉴别力，只以需要刺激或麻醉，取恶劣作品疗饥过瘾，以为这就是欣赏文学。这是精神上的中毒，可以使整个的精神受腐化。

有些人知得不周全，趣味就难免窄狭，像上文所说的，被囿于某一派别的传统习尚，不能自拔。这是精神上的短视，"坐井观天，诬天渺小"。

要诊治这三种流行的毛病，唯一的方剂是扩大眼界，加深知解。一切价值都由比较得来，生长在平原，你说一个小山坡最高，你可以受原谅，但是你错误。“登东山而小鲁，登泰山而小天下”，那“天下”也只是孔子所能见到的天下。要把山估计得准确，你必须把世界名山都游历过，测量过。研究文学也是如此，你玩索的作品愈多，种类愈复杂，风格愈分歧，你的比较资料愈丰富，透视愈正确，你的鉴别力（这就是趣味）也就愈可靠。

人类心理都有几分惰性，常以先入为主，想获得一种新趣味，往往须战胜一种很顽强的抵抗力。许多旧文学家不能欣赏新文学作品，就因为这个道理。就我个人的经验来说，起初习文言文，后来改习语体文，颇费过一番冲突与挣扎。在才置信语体文时，对文言文颇有些反感，后来多经摸索，觉得文言文仍有它的不可磨灭的价值。专就学文言文说，我起初学桐城派古文，跟着古文家们骂六朝文的绮靡，后来稍致力于六朝人的著作，才觉得六朝文也有为唐宋文所不可及处。在诗方面我从唐诗入手，觉宋诗索然无味，后来读宋人作品较多，才发现宋诗也特有一种风味。我学外国文学的经验也大致相同，往往从笃嗜甲派不了解乙派，到了解乙派而对甲派重新估定价值。我因而想到培养文学趣味好比开疆辟土，须逐渐把本来非我所有的征服为我所有。英国诗人华兹华斯说道：“一个诗人不仅要创造作品，还要创造能欣赏那种作品的趣味。”我想不仅作者如此，读者也须时常创造他的趣味。生生不息的趣味才是活的趣味，像死水一般静止的趣味必定陈腐。活的趣味时时刻刻在发现新境界，死的趣味老是囿在一个窄狭的圈子里。这道理可以适用于个人的文学修养，也可以适用于全民族的文学演进史。

文学上的低级趣味(上):关于作品内容

一般讨论文学的人大半侧重好的文学作品,不很注意坏的文学作品,所以导引正路的话说得多,指示迷途的话说得少。刘彦和在《文心雕龙》里有一篇《指瑕》,只谈到用字不妥一点。章实斋在《文史通义》里有一篇《古文十弊》,只专就古文立论,而且连古文的弊病也未能说得深中要害,例如讥刺到"某国某封某公同里某人之柩"之类好袭头衔的毛病,未免近于琐屑。嗣后模仿《古文十弊》的文章有张鸿来的《今文十弊》(见《北平师大月刊》第十三期)和林语堂的《今文八弊》(见《人间世》第二十七期),也都偏从文字体裁和文人习气方面着眼,没有指出文学本身上的最大毛病。我以为文学本身上的最大毛病是低级趣味。所谓"低级趣味"就是当爱好的东西不会爱好,不当爱好的东西偏特别爱好。古人有"嗜痂成癖"的故事,就饮食说,爱吃疮疤是一种低级趣味。在文学上,无论是创作或是欣赏,类似"嗜痂成癖"的毛病很多。许多人自以为在创作文学或欣赏文学,其实他们所做的勾当与文学毫不相干。文学的创作和欣赏都要靠极锐敏的美丑鉴别力，没有这种鉴别力就会有低级趣味，把坏的看成好的。这是一个极严重的毛病。

在这两篇文章里我想把文学上的低级趣味分为十项来说。弊病并不一定只有十种，我不过仿章实斋《古文十弊》的先例，略举其成数而已，其余的不难类推。我把我所举的十种低级趣味略加分析，发现其中有五种是偏于作品内容的，另外五种是偏于作者态度的。

本篇先说关于内容方面的低级趣味。本来文学之所以为文学，在内容与形式构成不可分拆的和谐的有机整体。如果有人专从内容着眼或专从形式着眼去研究文学作品，他对于文学就不免是外行。比如说崔颢的《长干行》：“君家何处住？妾住在横塘。移舟暂借问，或恐是同乡。”这首短诗，如果把内容和形式拆开来说，那女人攀问同乡一段情节（内容）算得什么？那二十字所排列的五绝体（形式）又算得什么？哪一个船码头上没有攀问同乡的男女？哪一个村学究不会胡诌五言四句？然而《长干行》是世人公认的好诗，它就好在把极寻常的情节用极寻常的语言表现成为一种生动的画境，使读者如临其境，如见其人，如闻其声，如见其情。这是一个短例，一切文学作品都可作如此观。但是一般人往往不明白这个浅近的道理，遇到文学作品，不追问表现是否完美而专去问内容。他们所爱好的内容最普遍的是下列五种：

第一是侦探故事。人生来就有好奇心，一切知识的寻求，学问的探讨以及生活经验的尝试，都由这一点好奇心出发，故事的起源也就在人类的好奇心。小孩子略懂人事，便爱听故事，故事愈穿插得离奇巧妙，也就愈易发生乐趣。穿插得最离奇巧妙的莫过于侦探故事。看这种故事有如猜谜，先有一个困难的疑团，产生疑团的情境已多少埋伏着可以解释疑团的线索，若隐若现，忽起忽没，旧线索牵引新线索，三弯九转，最后终于转到答案。在搜寻线索时，"山重水复疑无路，柳暗花明又一村"，是一种乐趣；在穷究到底细时，"一旦豁然贯通"，更是一种乐趣。贪求这种乐趣本是人情之常，而且文学作品也常顾到要供给这种乐趣，在故事结构上做功夫。小说和戏剧所常讲究的"悬揣与突惊"（suspense and surprise）便是侦探故事所赖以引人入胜的两种技巧。所以爱好侦探故事本身并不是一种坏事，在文学作品中爱好侦探故事的成分也不是一种坏事。但是我们要明白，单靠寻常侦探故事的一点离奇巧妙的穿插决不能成为文学作品，而且文学作品中有这种穿插的，它的精华也决不在此。文学作品之成为文学作品，在能写出具体的境界，生动的人物和深刻的情致。它不但要能满足理智，尤其要感动心灵。这恰是一般侦探故事所缺乏的，看最著名的《福尔摩斯侦探案》或《春明外史》就可以明白。它们有如解数学难题和猜灯谜，所打动的是理智不是情感。一般人的错误就在把这一类故事不但看成文学作品，而且看成最好的文学作品，废寝忘食，手不释卷，觉得其中滋味无穷。他们并且拿读侦探故事的心理习惯去读真正好的文学作品，第一要问它有没有好故事，至于性格的描写，心理的分析，情思与语文的融贯，人生世相的深刻了解，都全不去理会。如果一种文学作品没有侦探故事式的穿插，尽管写得怎样好，他们也尝不出什么味道。这种低级趣味的表现在一般读者中最普遍。

其次是色情的描写。文学的功用本来在表现人生，男女的爱情在人生中占极重要的位置，文学作品常用爱情的“母题”，本也无足深怪；一般读者爱好含有爱情“母题”的文学作品更无足深怪。不过我们必须明白一点重要的道理。爱情在文艺中只是一种题材，像其他题材一样，本身只像生铜顽石，要经过镕炼雕琢，得到艺术形式，才能成为艺术作品。所以文艺所表现的爱情和实际人生的爱情有一个重要的分别，就是一个得到艺术的表现，一个没有得到艺术的表现。《西厢记》里“软玉温香抱满怀，春至人间花弄色，露滴牡丹开”几句所指的是男女交媾。普通男女交媾是一回事；这几句词却不只是这么一回事，它在极淫猥的现实世界之上造成另一个美妙的意象世界。我们把这几句词当作文艺欣赏时，所欣赏的并不是男女交媾那件事实，而是根据这件事实而超出这件事实的意象世界。我们惊赞这样极平凡的事实表现得这样美妙。如果我们所欣赏的只是男女交媾那件事实，那么，我们大可以在实际人生中到处找出这种欣赏对象，不必求之于文艺。这个简单的说明可以使我们明白一般文艺欣赏的道理。我们在文艺作品中所当要求的是美感，是聚精会神于文艺所创造的意象世界，是对于表现完美的惊赞；而不是实际人生中某一种特殊情绪，如失恋、爱情满意、穷愁潦倒、恐惧、悲伤、焦虑之类。自然，失恋的人读表现失恋情绪的作品，特别觉得痛快淋漓。这是人之“常情”，却不是“美感”。文艺的特质不在解救实际人生中自有解救的心理上或生理上的饥渴，它不应以刺激性欲和满足性欲为目的，我们也就不应在文艺作品中贪求性欲的刺激或满足。但是事实上不幸得很，有许多号称文艺创作者专在逢迎人类要满足实际饥渴这个弱点，尽量在作品中刺激性欲，满足性欲；也有许多号称文艺欣赏者在实际人生中的欲望不能兑现，尽量在文学作品中贪求性欲的刺激和满足。鸳鸯蝴蝶派小说所以风行，就因为这个缘故。这种低级趣味的表现在"血气方刚"的男男女女中最为普遍。

第三是黑幕的描写。拿最流行的小说来分析，除掉侦探故事与色情故事以外，最常用的材料是社会黑幕。从前上海各报章所常披露的《黑幕大观》之类的小说（较好的例有《官场现形记》和《二十年目睹之怪现状》）颇风行一时，一般人爱看这些作品，如同他们打开报纸先看离婚案、暗杀案、诈骗案之类新闻一样，所贪求的就是那一点强烈的刺激，西方人所说的sensation。本来社会确有它的黑暗方面，文学要真实地表现人生，并没有把世界渲染得比实际更好的必要。如果文艺作品中可悲的比可喜的情境较多，唯一的理由就是现实原来如此，文学只是反映现实。所以描写黑幕本身也并不是一件坏事。欧洲文学向推悲剧首屈一指，近代比较伟大的小说也大半带有悲剧性；这两类文学所写的也还可以说都是黑幕，离不掉残杀、欺骗、无天理良心之类的事件。不过悲剧和悲剧性的小说所以崇高，并不在描写黑幕，而在达到艺术上一种极难的成就，于最困逆的情境见出人性的尊严，于最黑暗的方面反映出世相的壮丽。它们令我们对于人生朝深一层看，也朝高一层看。我们不但不感受实际悲惨情境所应引起的颓丧与苦闷，而且反能感发兴起，对人生起一种虔敬。从悲剧和悲剧性的小说我们可以看出艺术点染的功用。大约情节愈残酷可怕，艺术点染的需要也就愈大，成功也就愈难。所以把黑幕化为艺术并不是一件易事。如果只有黑幕而没有艺术，它所赖以打动读者的就是上文所说的那一点强烈的刺激。我们在作品中爱看残酷、欺骗、卑污的事迹，犹如在实际人生中爱看这些事迹一样，所谓“隔岸观火”，为的是要满足残酷的劣根性。刑场上要处死犯人，不是常有许多人抢着去看么？离开艺术而欣赏黑幕，心理和那是一样的。这无疑地还是一种低级趣味。

第四是风花雪月的滥调。古代文艺很少有流连风景的痕迹，自然通常只是人物生活的背景，画家和文人很少为自然而描写自然。崇拜自然的风气在欧洲到十九世纪浪漫主义起来以后才盛行。在中国它起来较早，从东晋起它就很占势力，所谓“老庄告退而山水方滋”，陶、谢的诗是这种新风气之下最灿烂的产品。从艺术境界说，注意到自然风景的本身，确是一种重要的开拓。人类生长在自然里，自然由仇敌而变成契友，彼此间互相的关系日渐密切。人的思想情感和自然的动静消息常交感共鸣。自然界事物常可成为人的内心活动的象征。因此文艺中乃有“即景生情”、“因情生景”、“情景交融”种种胜境。这是文艺上一种很重要的演进，谁都不否认。但是因为自然在大艺术家和大诗人的手里曾经放过奇葩异彩，因为它本身又可以给劳苦困倦者以愉快的消遣和安息，一般人对于它与艺术的关系便发生一种误解，以为风花雪月、花鸟山水之类事物是美的，文艺用它们做材料，也就因而是美的。这是误解，因为它假定艺术的美丑取决于题材的美丑。有些作家相信要写成伟大的作品，必选择伟大的题材如英雄事迹之类，和相信作品里有风花雪月、花鸟山水等等就可以美，是犯了同样的错误。他们不明白“连篇累牍尽是月露风云”，其中有许多实在是空洞腐滥，不表现任何情感，也不能引起任何情感。从前号称风雅的骚人墨客常犯这毛病，现在新文学家有时也“雅到俗不可耐”。许多关于自然的描写都没有情感上的绝对必要，只是相习成风，人家盲目地说这才美，自己也就跟着相信这真是美。这种心理习惯，就是心理学家所谓“套板反应”（stock response），是一切低级趣味的病根。

第五是口号教条。文艺是不是一种宣传工具呢？关于这一点，我知道我的意见和许多人的不相同，话说来很长，我在《文艺心理学》里已说得相当详细，在这里我只能说一个梗概。这问题在古今中外都闹得很久，双方都有很有力的人提出很有力的理论，我们用不着固执成见。从一方面看，文艺对于人生必有彻底的了解与同情，把这了解与同情渗透到读者的心里，使他们避免狭陋与自私所必有的恶果；同时，它让心灵得到自由活动，情感得到健康的宣泄和怡养，精神得到完美的寄托场所，超脱现实世界所难免的秽浊而徜徉于纯洁高尚的意象世界，知道人生永远有更值得努力追求的东西在前面——这一切都可以见出文艺对于人的影响是良好的，人可以从文艺中得到极好的教训，最好的宣教工具就莫过于文艺。但从另一方面看，文艺在创作与欣赏中都是一种独立自足的境界，它自有它的生存理由，不是任何其他活动的奴属，除掉创造出一种合理慰情的意象世界，即叫作“作品”的东西以外，它没有其他目的，其他目的如果闯入，那是与艺术本身无关的。存心要创造艺术，那是一种内在的自由的美感活动；存心要教训人，那是一种道德的或实用的目的。这两桩事是否可合而为一呢？一箭射双雕是一件很经济的事，一人骑两马却是一件不可能的事，拿文艺做宣传工具究竟属于哪一种呢？从美学看，创作和欣赏都是聚精会神的事，顾到教训就顾不到艺术，顾到艺术也就顾不到教训。从史实看，大文艺家的作品尽管可以发生极深刻的教训作用，可是他们自己在创造作品时大半并不存心要教训人；存心要教训人的作品大半没有多大艺术价值。所以我对于利用文艺做宣传工具一事极端怀疑。我并不反对宣传，但是我觉得用文艺做宣传工具，作品既难成功，就难免得反结果，使人由厌恶宣传所取的形式因而厌恶到所宣传的主张。我也很了解甚至同情宣传者要冒文艺的名，但是我觉得从事于文艺的人要明白此中底细，立定脚跟，不要随声附和。我本不想说出这番不合时宜的话来开罪许多新作家，但是我深深感觉到“口号教条文学”在目前太流行，而中国新文学如果想有比较伟大的前途，就必须作家们多效忠于艺术本身。他们须感觉到自己的尊严，艺术的尊严以至于读者的尊严；否则一味做应声虫，假文艺的美名，做呐喊的差役，无论从道德观点看或从艺术观点看，都是低级趣味的表现。

总观上述五种弊病，共同的病根在离开艺术而单讲内容。离开艺术，内容本身就可以使我们爱好或厌恶,那自然也是常有的事,但那并不是艺术观点上的好恶;我们要爱它恶它,并不一定要在艺术作品中去找它。许多伟大的作品所用的材料都很平凡,许多美丽的作品所用的材料都很丑陋。艺术之为艺术,并不在所用的材料如何,而在取生糙的自然在情感与想象的炉火里熔炼一番,再雕琢成为一种超自然的意象世界。一种内容既经过艺术的表现,就根本变成另外一回事,我们就应把它当作内容形式不可分的有机体看待。我们鉴赏的对象不是未经艺术点化以前生糙的内容(如侦探故事、爱情故事、黑幕、自然风景、抽象的道理之类),而是艺术点化以后的作品。艺术点化的成功或失败就是美丑好恶所应有的唯一的标准。离开这标准而对于艺术作品判美丑,起好恶,那就是低级趣味。

文学上的低级趣味(下):关于作者态度

文艺的功用在表现作者的情感思想,传达于读者,使读者由领会而感动。就作者说,他有两重自然的急迫需要。第一是表现。情感思想是生机,自然需要宣泄,宣泄才畅通愉快,不宣泄即抑郁苦闷。所以文艺是一件不得已的事。一个作家如果无绝对的必要,他最好是守缄默;得已而不已,勉强找话来说,他的动机就不纯正,源头就不充实,态度就不诚恳,作品也就不会有很大的艺术价值。其次是传达的需要。人是社会动物,需要同情,自己愈珍视的精神价值愈热烈地渴望有人能分享。一个作者肯以深心的秘蕴交付给读者,就显得他对读者有极深的同情,同时也需要读者的同情报答。所以他的态度必须是诚恳的,严肃而又亲切的。如果一个作家在内心上并无这种同情,只是要向读者博取一点版税或是虚声,为达到这种不很光明的目的,就不惜择不很光明的手段,逢迎读者,欺骗读者,那也就决说不上文艺。在事实上,文艺成为一种职业以后,这两种毛病,这表现与传达两种急迫需要的缺乏,都很普遍。作者对自己不忠实,对读者不忠实,如何能对艺术忠实呢？这是作者态度上的基本错误，许多低级趣味的表现都从此起。

第一是无病呻吟，装腔作势。文艺必出于至性深情，谁也知道。但是没有至性深情的人也常有出产作品的引诱，于是就只有装腔作势，或是取浅薄俗滥的情调加以过分的夸张。最坏的当然是装腔作势，心里没有那种感触，却装着有那种感触。满腔尘劳俗虑，偏学陶、谢滋情山水，冒充风雅；色情的追逐者实际只要满足生理的自然需要，却跟着浪漫诗人讴歌恋爱圣洁至上；过着小资产阶级的生活，行径近于市侩土绅，却诅咒社会黑暗，谈一点主义，喊几声口号，居然像一个革命家。如此等类，数不胜数，沐猴而冠，人不像人。此外有一班人自以为有的是情感，无论它怎样浅薄俗滥，都把它和盘托出，尽量加以渲染夸张。这可以说是"泄气主义"。人非木石，谁对于人事物态的变化没有一点小感触？春天来了，万物欣欣向荣，心里不免起一阵欣喜或一点留恋；秋天来了，生趣逐渐萧索，回想自家身世，多少有一点迟暮之感；清风明月不免扰动闺思，古树暮鸦不免令人暗伤羁旅；自己估定的身价没有得到社会的重视，就觉得怀才莫展，牢骚抑郁；喝了几杯老酒，心血来潮，仿佛自己有一副盖世英雄的气概，倘若有一两位"知己"，披肝沥胆，互相推许，于是感激图报的"义气"就涌上来了。这一切本来都是人情之常，但是人情之常中正有许多荒唐妄诞，酸气滥调，除掉当作喜剧的穿插外，用不着大吹大擂。不幸许多作家终生在这些浅薄俗滥的情调中讨生活，像醉汉呓语，就把这些浅薄俗滥的情调倾泻到他们所谓"作品”里去。“一把辛酸泪”却是“满纸荒唐言”。这种“泄气主义”有它的悠久的历史传统。中国自古有所谓“骚人墨客”，徜徉诗酒，嗟叹生平，看他们那样“狂歌当泣”的神情，竟似胸中真有消不尽的闷愁，浇不平的块垒。至于一般士女的理想向来是才子佳人，而才子佳人的唯一的身份证是“善病工愁”，“吟风弄月”。在欧洲，与浪漫主义结缘最深的“感伤主义”（sentimentalism）事实上也还是一种“泄气主义”。诗人们都自以为是误落人寰的天仙，理想留在云端，双脚陷在泥淖，不能自拔，怨天尤人，仿佛以为不带这么一点感伤色彩，就显不出他们的高贵的身份。拜伦的那一身刺眼的服装，那一副憔悴行吟、长吁短叹的神情，在当时迷醉了几多西方的佳人才子！时代过了，我们冷眼看他一看，他那一副挺得笔直，做姿势让人画像的样子是多么滑稽可笑！我们在这新旧交替之际，还有许多人一方面承继着固有的骚人墨客和才子佳人的传统，一方面又染着西方浪漫主义的比较粗陋一面的色彩，满纸痛哭流泪，骨子里实在没有什么亲切深挚的情感。这种作品，像柏拉图老早就已经看到的，可以逢迎人类爱找情感刺激的弱点，常特别受读者欢迎。这种趣味是低级的，因为它是颓废的，不健康的，而且是不艺术的。

其次是憨皮臭脸，油腔滑调。取这种态度的作者大半拿文艺来逢场作戏，援“幽默”做护身符。本来文艺的起源近于游戏，都是在人生世相的新鲜有趣上面玩索流连，都是人类在精力富裕生气洋溢时所发的自由活动，所以文艺都离不掉几分幽默。我在《诗论》里《诗与谐隐》篇曾经说过：

“凡诗都难免有若干谐趣。情绪不外悲喜两端。喜剧中都有谐趣,用不着说;就是把最悲惨的事当作诗看时,也必在其中见出谐趣。我们如果仔细玩味蔡琰的《悲愤诗》或是杜甫的《新婚别》之类的作品,或是写自己的悲剧,或是写旁人的悲剧,都是痛定思痛,把所写的事看成一种有趣的意象,有几分把它当作戏看的意思。丝毫没有谐趣的人大概不易作诗,也不易欣赏诗。诗与谐都是生气的富裕,不能谐是枯燥贫竭的征候,枯燥贫竭的人和诗没有缘分。但是诗也是最不易谐,因为诗最忌轻薄,而谐则最易流于轻薄。”这段引语里的“谐”就是幽默,我这番话虽专就诗说,实在可通用于一般文艺。我们须承认幽默对于文艺的重要,同时也要指出幽默是极不容易的事。幽默有种种程度上的分别。说高一点,庄子、司马迁、陶潜、杜甫一班大作家有他们的幽默;说低一点,说相声、玩杂耍、村戏打诨、市井流氓斗唇舌、报屁股上的余兴之类玩意也有他们的幽默。幽默之中有一个极微妙的分寸,失去这个分寸就落到下流轻薄。大约在第一流作品中,高度的幽默和高度的严肃常化成一片,一讥一笑,除掉助兴和打动风趣以外,还有一点深刻隽永的意味,不但可耐人寻思,还可激动情感,笑中有泪,讥讽中有同情。许多大诗人、悲剧家、喜剧家和小说家常有这副本领。不过这种幽默往往需要相当的修养才能领会欣赏,一般人大半只会欣赏说相声、唱双簧、村戏打诨、流氓显俏皮劲那一类的幽默。他们在实际人生中欢喜这些玩意,在文艺作品中也还是要求这些玩意。有些作家为着要逢迎这种低级趣味,不惜自居小丑,以谑浪笑傲为能事。前些时候有所谓“幽默小品”

借几种流行的刊物轰动了一时，一般男女老少都买它，读它，羡慕它，模仿它。一直到现在，它的影响还很大。

第三是摇旗呐喊，党同伐异。思想上只有是非，文艺上只有美丑。我们的去取好恶应该只有这一个标准。如果在文艺方面，我们有敌友的分别，凡是对文艺持严肃纯正的态度而确有成就者都应该是朋友，凡是利用文艺做其他企图而作品表现低级趣味者都应该是仇敌。至于一个作者在学术、政治、宗教、区域、社会地位各方面是否和我相同，甚至于他和我是否在私人方面有无恩怨关系，一律都在不应过问之列。文艺是创造的，各人贵有独到，所以人与人在文艺上不同，比较在政治上或宗教上不同应该还要多些。某一地某一时的文艺，不同愈多，它的活力也就愈广。当然，每一时一地的作家倾向常有相近的，本着同声相应的原则，聚集在一起成为一种派别，这是历史上常有的事而且本身也不是坏事。不过模仿江湖帮客结义的办法，立起一个寨主树起一面旗帜，招徒聚众，摇旗呐喊，自壮声威，逼得过路来往人等都来“落草”归化，敢有别树一帜的就兴师动众，杀将过去，这种办法于己于人都无好处，于文艺更无好处。我们毋庸讳言，这种江湖帮客的恶习在我们的文艺界似仍很猖獗。文艺界也有一班野心政客，要霸占江山，垄断顾客，争窃宗主，腼颜以“提携新进作家”自命，招收徒弟，一有了“群众”，就像王麻儿卖膏药，沿途号喊“只此一家，谨防假冒”，至于自己的膏药是“万宝灵应”，那更不用说了。他们一方面既虚张自己的声势，写成一部作品便大吹大擂地声张出去；一方面又要杀他人的威风，遇到一个不在自己旗帜之下的作品，便把它扯得稀烂，断章取义把它指摘得体无完肤，最优待的办法也只是予以冷酷的忽视。这种“策略”并不限于某一派人。文言作者与白话作者相待如此，白话作者中种种派别互相对待也是如此。可怜许多天真的读者经不起这种呐喊嘲骂的暗示，深入彀中而不自知，不由自主地养成一些偏见，是某派某人的作品必定是好的，某派某人的作品必定是坏的，在阅读与领会之前便已注定了作品的价值。拿“低级趣味”来形容他们，恐怕还太轻吧。

第四是道学冬烘，说教劝善。我们在讨论题材内容时，已经指出文艺宣传口号教条的错误。在这里我们将要谈的倒不是有意做宣传的作品，而是从狭义的道德观点来看作品中人物情境这个普遍的心理习惯。文艺要忠实地表现人生，人生原有善恶媸妍幸运灾祸各方面。我们的道德意识天然地叫我们欢喜善的，美的，幸运的，欢乐的一方面，而厌恶恶的，丑的，灾祸的，悲惨的一方面。但是文艺看人生，如阿诺德所说的，须是“镇定的而且全面的”（Look on life steadily and as a whole），就不应单着眼到光明而闪避黑暗。站在高一层去看，相反的往往适以相成，造成人生世相的伟大庄严，一般人却不容易站在高一层去看，在实际人生中尽管有缺陷，在文艺中他们却希望这种缺陷能得到弥补。莎士比亚写《李尔王》，让一个最孝顺最纯洁的女子在结局时遭遇惨死。约翰逊说他不能把这部悲剧看到终局，因为收场太惨。十八世纪中这部悲剧出现于舞台，收场完全改过，孝女不但没有死而且和一位忠臣结了婚。我们中国的《红楼梦》没有让贾宝玉和林黛玉大团圆，许多人也引为憾事，所以有《续红楼梦》来弥补这个缺陷。《西厢记》本来让莺莺改嫁郑恒，《锦西厢》却改成嫁郑恒的是红娘，莺莺终于归了张珙。诸如此类的实例很多，都足以证明许多人把“道德的同情”代替了“美感的同情”。这分别在哪里呢？比如说一个戏子演曹操，扮那副老奸巨猾的样子，惟妙惟肖，观众中有一位木匠手头恰提着一把斧子，不禁义愤填膺，奔上戏台去把演曹操的那人的头砍下。这位木匠就是用“道德的同情”来应付戏中人物；如果他用“美感的同情”，扮曹操愈像，他就应该愈高兴，愈喝彩叫好。懂得这个分别，我们再去看看一般人是用哪一种同情去读小说戏剧呢？看武松杀嫂，大家感觉得痛快，金圣叹会高叫“浮一大白”；看晴雯奄奄待毙，许多少爷小姐流了许多眼泪。他们要“善恶报应，因果昭彰”，要“天下有情人都成眷属”，要替不幸运的打抱不平。从道德的观点看，他们的义气原可钦佩；从艺术的观点看，他们的头脑和《太上感应篇》、《阴骘劝世文》诸书作者的是一样有些道学冬烘气，都不免有低级趣味在作祟。

第五是涂脂抹粉，卖弄风姿。文艺是一种表现而不是一种卖弄。表现的理想是文情并茂，“充实而有光辉”，虽经苦心雕琢，却是天衣无缝，自然熨帖，不现勉强作为痕迹。一件完美的艺术品像一个大家闺秀，引人注目而却不招邀人注目，举止大方之中仍有她的贞静幽闲，有她的高贵的身份。艺术和人一样，有它的品格，我们常说某种艺术品高，某种艺术品低，品的高低固然可以在多方面见出，最重要的仍在作者的态度。品高的是诚于中，形于外，表里如一的高华完美。品低的是内不充实而外求光辉，存心卖弄，像小家娼妇涂脂抹粉，招摇过市，眉挑目送的样子。文艺的卖弄有种种方式。最普遍的是卖弄辞藻，只顾堆砌漂亮的字眼，显得花枝招展，绚烂夺目，不管它对于思想情感是否有绝对的必要。从前骈俪文犯这毛病的最多，现在新进作家也有时不免。其次是卖弄学识。文艺作者不能没有学识，但是他的学识须如盐溶解在水里，尝得出味，指不出形状。有时饱学的作者无心中在作品中流露学识，我们尚不免有“学问汩没性灵”之感，至于有意要卖弄学识，如暴发户对人夸数家珍，在寻常做人如此已足见趣味低劣，在文艺作品中如此更不免令人作呕了。过去中国文人犯这病的最多，在诗中用僻典，谈哲理，写古字，都是最显著的例。新文学作家常爱把自己知道比较清楚的材料不分皂白地和盘托出，不管它是否对于表现情调、描写人物或是点明故事为绝对必需，写农村就把农村所有的东西都摆进去，写官场也就把官场所有的奇形怪状都摆进去，有如杂货店，七零八落的货物乱堆在一起，没有一点整一性，连比较著名的作品如赛珍珠的《大地》，吴趼人的《二十年目睹之怪现状》之类均不免此病，这也还是卖弄学识。另外是卖弄才气。文艺作者固不能没有才气，但是逞才使气，存心炫耀，仍是趣味低劣。像英国哲学家休谟和法国诗人魏尔兰所一再指示的，文学不应只有“雄辩”（eloquence），而且带不得雄辩的色彩。“雄辩”是以口舌争胜，说话的人要显出他聪明，要博得群众的羡慕，要讲究话的“效果”，要拿出一副可以镇压人说服人的本领给人看，免不掉许多装模作样，愈显得出才气愈易成功。但是这种浮浅的炫耀对于文学作品却是大污点。一般文学作者愈有才气，也就愈难避免炫耀雄辩的毛病。从前文人夸口下笔万言，倚马可待，文成一字不易，作诗押险韵，和韵的诗一作就是几十首，用堂皇铿锵的字面，戏剧式表情的语调，浩浩荡荡，一泻直下，乍听似可喜，细玩无余味，这些都是卖弄才气，用雄辩术于文学。爱好这一类的作品在趣味上仍不很高。

文艺趣味上的毛病是数不尽的，以上十点只是举其荦荦大者。十点之中有些比较严重，有些比较轻微，但在一般初学者中都极普遍。许多读者听到我这番话，发现他们平时所沾沾自喜的都被我看成低级趣味，不免怪我太严格苛求，太偏狭。这事不能以口舌争，我只能说：一个从事文学者如果入手就养成低级趣味，愈向前走就离文学的坦途大道愈远。我认为文学教育第一件要事是养成高尚纯正的趣味，这没有捷径，唯一的办法是多多玩味第一流文艺杰作，在这些作品中把第一眼看去是平淡无奇的东西玩味出隐藏的妙蕴来，然后拿“通俗”的作品来比较，自然会见出优劣。优劣都由比较得来，一生都在喝坏酒，不会觉得酒的坏，喝过一些好酒以后，坏酒一进口就不对味。一切方面的趣味大抵如此。

写作练习

研究文学只阅读决不够，必须练习写作，世间有许多人终身在看戏、念诗、读小说，却始终不动笔写一出戏、一首诗或是一篇小说。这种人容易养成种种错误的观念。自视太低者以为写作需要一副特殊的天才，自问既没有天才，纵然写来写去，总写不到名家的那样好，倒不如索性不写为妙。自视过高者以为自己已经读了许多作品，对于文学算是内行，不写则已，写就必与众不同，于是天天在幻想将来写出如何伟大的作品，目前且慢些再说。这两种人阅读愈多，对于写作就愈懒惰，所以有人把学问看成写作的累，以为学者与文人根本是两回事。这自然又是一个错误的观念。

只阅读而不写作的人还另有一种误解，以为自己写起来虽是平庸，看旁人的作品却有一副高明的眼光，这就是俗语所谓“眼高手低”。一般职业的批评家欢喜拿这话头来自宽自解。我自己在文艺批评中鬼混了一二十年，于今深知在文艺方面手眼必须一致，眼低者手未必高，手低者眼也未必高。你自己没有亲身体验过写作的甘苦，对于旁人的作品就难免有几分隔靴搔痒。很显著的美丑或许不难看出,而于作者苦心经营处和灵机焕发处,微言妙趣大则源于性情学问的融会,小则见于一字一句的选择与安排,你如果不曾身历其境,便难免忽略过去。克罗齐派美学家说,要欣赏莎士比亚,你须把你自己提升到莎士比亚的水准。他们理应补充一句说:你无法把自己提升到莎士比亚的水准,除非你试过他的工作。莎士比亚的朋友本·琼森说得好:“只有诗人,而且只有第一流诗人,才配批评诗。”你如果不信这话,你试想一想:文学批评虽被认为是一种专门学问,古今中外有几个自己不是写作者而成为伟大的批评家?我只想到亚里士多德一个人,而他对于希腊诗仍有不少的隔膜处。

文学的主要功用是表现。我们如果只看旁人表现而自己不能表现,那就如哑子听人说话,人家说得愈畅快,自己愈闷得心慌。听人家说而自己不说,也不感觉闷,我不相信这种人对于文艺能有真正的热忱。人生最大的快慰是创造,一件难做的事做成了,一种闷在心里的情感或思想表现出来了,自己回头一看,就如同上帝创造了世界,母亲产出了婴儿,看到它好,自己也充分感觉到自己的力量,越发兴起鼓舞。没有尝到这种快慰的人就没有尝到文学的最大乐趣。

要彻底了解文学,要尽量欣赏文学,你必须自己动手练习创作。创作固然不是一件易事,也不是一件不可能的事。像一切有价值的活动一样,它需要辛苦学习才能做得好。假定有中人之资,依着合理的程序,一步一步地向前进,有一分功夫,决有一分效果,孜孜不辍,到后来总可以达到意到笔随的程度。这事有如下围棋,一段一段地前进,功夫没有到时,慢说想跳越一段,就是想多争一颗子也不行。许多学子对文学写作不肯经过浅近的基本的训练,以为将来一动笔就会一鸣惊人,那只是妄想,虽天才也未必能做到。

练习写作有一个最重要的原则须牢记在心的,就是有话必说,无话不说,说须心口如一,不能说谎。文学本来是以语文为工具的表现艺术。心里有东西要表现,才拿语文来表现。如果心里要表现的与语文所表现的不完全相同,那就根本失去表现的功用。所谓"不完全相同"可以有两个原因,一是作者的能力不够,一是他存心要说谎。如果是能力不够,他最好认清自己能力的限度,专写自己所能写的,如是他的能力自然逐渐增进。如果是存心说谎,那是入手就走错了路,他愈写就愈入迷,离文学愈远。许多人在文学上不能有成就,大半都误在入手就养成说谎的习惯。

所谓"说谎",有两种含义。第一是心里那样想而口里不那样说。一个作家须有一个"我"在,须勇敢地维护他的"我"性。这事虽不容易,许多人有意或无意地在逢迎习俗,苟求欺世盗名,昧着良心去说话,其实这终究是会揭穿的。文学不是说谎的工具,你纵想说谎也无从说。"言为心声",旁人听到你的话就会窥透你的心曲,无论你的话是真是假。《论语》载有几句逸诗:"唐棣之华,偏其反而;岂不尔思,室是远而。"孔子一眼就看破这话的不诚实,他说:"未之思也,夫何远之有?"作者未尝不想人相信他"岂不尔思",但是他心里"未之思",语言就无从表现出"思"来。他在文学上失败,在说谎上也失败了。

其次,说谎是强不知以为知。你没有上过战场,却要描写战场的生活,没有仔细研究过一个守财奴的性格,却在一篇戏剧或小说中拿守财奴做主角,尽管你的想象如何丰富,你所写的一定缺乏文学作品所必具的真实性,人不能全知,也不能全无所知。一个聪明的作家须认清自己知解的限度,小心谨慎地把眼光注视着那限度以内的事物,看清楚了,才下笔去写。如果他想超过那限度以外去摸索,他与其在浪漫派作家所谓“想象”上做功夫,不如在写实派作家所谓“证据”上做功夫,这就是说,增加生活的经验,把那限度逐渐扩大。说来说去,想象也还是要利用实际经验。

记得不肯说谎这一个基本原则,每遇到可说的话,就要抓住机会,马上就写,要极力使写出来的和心里所想的恰相符合。习文有如习画,须常备一个速写簿带在身边,遇到一片风景,一个人物,或是一种动态,觉得它新鲜有趣,可以入画,就随时速写,写得不像,再细看摆在面前的模特儿,反复修改,务求其像而后已。这种功夫做久了之后,我们一可以养成爱好精确的习惯;二可以逐渐养成艺术家看事物的眼光,在日常生活中时时可发现值得表现的情境;三可以增进写作的技巧,逐渐使难写的成为易写。

在初写时,我们必须谨守着知道清楚的,和易于着笔的这两种材料的范围。我把这两层分开来说,其实最重要的条件还是知得清楚,知得不清楚就不易于着笔。我们一般人至少对于自己日常生活知得比较清楚,所以记日记是初学习作的最好的方法。普通记日记只如记流水账,或是作干燥无味的起居注,那自然与文学无干。把日记当作一种文学的训练,就要把本身有趣的材料记得有趣。如果有相当的敏感,到处留心,一日之内值得记的见闻感想决不会缺乏。一番家常的谈话,一个新来的客,街头一阵喧嚷,花木风云的一种新变化,读书看报得到的一阵感想,听来的一件故事,总之,一切动静所生的印象,都可以供你细心描绘,成为好文章。你不必预定每天应记的字数,只要把应记的记得恰到好处,长则数百字,短则数十字,都可不拘。你也不必在一天之内同时记许多事,多记难免如"数莱菔下窖",决不会记得好。选择是文学的最重要的功夫,你每天选一件最值得记的,把它记得妥妥帖帖,记成一件"作品"出来,那就够了。

宇宙间一切现象都可以纳到四大范畴里去,就是情、理、事、态。情指喜怒哀乐之类主观的感动,理是思想在事物中所推求出来的条理秩序,事包含一切人物的动作,态指人物的形状。文学的材料就不外这四种。因此文学的功用通常分为言情、说理、叙事、绘态(亦称状物或描写)四大类。文学作品因体裁不同对这四类功用各有所偏重。例如诗歌侧重言情,论文侧重说理,历史、戏剧、小说都侧重叙事,山水人物杂记侧重绘态。这自然是极粗浅的分别,实际上情理事态常交错融贯,事必有态,情常寓理,不易拆开。有些文学课本把作品分为言情、说理、叙事、绘态四类,未免牵强。一首诗、一出戏或一篇小说,可以时而言情说理,时而叙事绘态。纯粹属于某一类的作品颇不易找出,作品的文学价值愈高,愈是情理事态打成一片。

不过在习作时,我们不妨记起这四类的分别,因为四类作法对于初学有难有易，初学宜由易而难，循序渐进。从前私塾国文教员往往入手就教学生作论说，至今这个风气仍在学校里流行。这办法实在不妥。说理，需要丰富的学识和谨严的思考。这恰是青年人通常所缺乏的。他们没有说理文所必具的条件而勉强作说理文，势必袭陈腐的滥调，发空洞的议论。我有时看到大学生的国文试卷，常是满纸“大凡天下”，学理工者也是如此，因而深深地感觉到不健康的语文教育可以酿成思想糊涂。早习说理文的坏处还不仅此。青年期想象力较丰富，所谓“想象”是指运用具体的意象去思想，与我们一般成年人运用抽象的概念去思想不同。这两种思想类型的分别恰是文艺与科学的分别。所以有志习文学创作者必须趁想象力丰富时期，学会驾驭具体的情境，让世界本其光热色相活现于眼前，不只是一些无血无肉的冷冰冰的理。舍想象不去发展，只耗精力于说理，结果心里就只会有“理”而不会有“象”，那就是说，养成一种与文艺相反的习惯。我自己吃过这亏，所以知道很清楚。

现代许多文学青年欢喜写抒情诗文。我曾做过一个文艺刊物的编辑，收到的青年作家的稿件以抒情诗文为最多。文学本是表现情感的，青年人是最富于情感的，这两件事实凑拢起来，当然的结论是青年人是爱好文学的。在事实上许多青年人走上文学的路，也确是因为他们需要发泄情感。不过就习作说，入手就写言情诗文仍是不妥当。第一，情感迷离恍惚，不易捉摸，正如梦中不易说梦，醉中只觉陶陶。诗人华兹华斯说得好，“诗起于沉静中回味得来的情绪”，意与中文成语“痛定思痛”相近。青年人容易感受情绪,却不容易于沉静中回味情绪,感受情绪而加以沉静回味是始而"入乎其中",继而"出乎其外",这需要相当的修养。回味之后,要把情绪表现出来,也不能悲即言悲,喜即言喜,必须使情绪融化于具体的意象,或寓情于事,如"步出城东门,遥望江南路,前日风雪中,故人从此去",不言惜别而惜别自见;或寓情于景(即本文所谓态),如"西风残照,汉家陵阙",不言悲凉而悲凉自见。所以言情必借叙事绘态,如果没有先学叙事绘态,言情文决不易写得好。现在一般青年作家只知道抽象地说悲说喜,再加上接二连三的惊叹号,以为这就算尽了言情的能事。悲即言悲,喜即言喜,谁不会?堆砌惊叹号,谁不会?只是你言悲言喜而读者不悲不喜,你用惊叹号而读者并不觉有惊叹的必要,那还算得什么文学作品?其次,情感自身也需要陶冶熔炼,才值得文学表现。人生经验愈丰富,事理观察愈深刻,情感也就愈沉着,愈易融化于具体的情境。最沉痛的言情诗文往往不是一个作家的早年作品,我们的屈原、庾信、杜甫和苏轼,西方的但丁、莎士比亚和歌德都可以为证。青年人的情感来得容易,也来得浮泛,十个人失恋就有九个人要悲观自杀,就有九个人表现同样的姿态,过了一些时候,就有九个人都仍旧欢天喜地过日子。他们的言情作品往往表现一种浅薄的感伤主义,即西方人所谓 sentimentalism。这恰是上品言情文的大忌讳。

为初学写作者说法,说理文可缓作,言情文也可缓作,剩下来的只有叙事绘态两种。事与态都是摆在眼前的,极具体而有客观性,比较容易捉摸,好比习画写生,模特儿摆在面前,看着它一笔一笔地模拟,如果有一笔不像，还可以随看随改。紧抓住实事实物，决不致堕入空洞肤泛的恶习。叙事与绘态之中还是叙事最要紧。叙事其实就是绘动态，能绘动态就能绘静态。纯粹的绘静态文极易流于呆板，而且在事实上也极少见。事物不能很久地留在静态中，离静而动，即变为事，即成为叙事的对象。因此叙事文与绘态文极不易分，叙事文即于叙事中绘态，绘态文也必夹叙事才能生动。叙事文与绘态文作好了，其他各体文自可迎刃而解，因为严格地说，情与理还是心理方面的动作，还是可以认成“事”，还是有它们的“态”，所不同者它们比较偏于主观的，不如一般外在事态那样容易着笔。在外在事态上下过一番功夫，然后再以所得的娴熟的手腕去应付内在的事态（即情理），那就没有多大困难了。

作文与运思

作文章通常也叫作“写”文章，在西文中作家一向称“写家”，作品叫作“写品”。写须用手，故会作文章的人在中文里有时叫作“名手”，会读而不会作的人说是“眼高手低”。这种语文的习惯颇值得想一想。到底文章是“作”的还是“写”的呢？创造文学的动作是“用心”还是“用手”呢？

这问题实在不像它现于浮面的那么肤浅。因近代一派最占势力的美学——克罗齐派——所争辩的焦点就在此。依他们看，文艺全是心灵的活动，创造就是表现也就是直觉。这就是说，心里想出一具体境界，情趣与意象交融，情趣就已表现于那意象，而这时刻作品也就算完全成就了。至于拿笔来把心里所已想好的作品写在纸上，那并非“表现”，那只是“传达”或“记录”。表现(即创造)全在心里成就，记录则如把唱出的乐歌灌音到留声机片上去，全是物理的事实，与艺术无关。如我们把克罗齐派学说略加修正一下，承认在创造时，心里不仅想出可以表现情趣的意象，而且也想出了描绘那意象的语言文字，这就是说，全部作品都有了“腹稿”，那么“写”

并非“作”的一个看法大致是对的。

我提出这问题和连带的一种美学观点，因为它与作文方法有密切的关系。普通语文习惯把“写”看成“作”，认为写是“用手”，也有一个原因。一般人作文往往不先将全部想好，拈一张稿纸，提笔就写，一直写将下去。他们在写一句之前，自然也得想一番，只是想一句写一句，想一段，写一段；上句未写成时，不知下句是什么；上段未写成时，不知下段是什么；到写得无可再写时，就自然终止。这种习惯养成时，“不假思索”而任笔写下去，写得不知所云，也是难免的事。文章“不通”，大半是这样来的。这种写法很普遍，学生们在国文课堂里作文，不用这个写法的似居少数。不但一般学生如此，就是有名的职业作家替报章杂志写“连载”的稿子，往往也是用这个“急就”的办法。这一期的稿子印出来了，下一期的稿子还在未定之天。有些作家甚至连写都不写，只坐在一个沙发上随想随念，一个书记或打字员在旁边听着，随听随录，录完一个段落了就送出发表。这样做成的作品，就整个轮廓看，总难免前后欠呼应，结构很零乱。近代英美长篇小说有许多是这样做成的，所以大半没有连串的故事，也没有完整的形式。作家们甚至把“无形式”(formlessness)当作一个艺术的信条，以为艺术原来就应该如此。这恐怕是艺术的一个厄运，有生命的东西都有一定完整的形式，首尾躯干不完全或是不匀称，那便成了一种怪物，而不是艺术。

这是一个极端，另一个极端是把全部作品都在心里想好，写只是记录，像克罗齐派美学家所主张的。苏东坡记文与可画竹，说他先有“成竹在胸”，然后铺纸濡毫，一挥而就。“成竹在胸”于是成为“腹稿”的佳话。这种办法似乎是理想的，实际上很不易做到。我自己也尝试过，只有在极短的篇幅中，像作一首绝句或律诗，我还可以把全篇完全在心里想好；如篇幅长了那就很难。它有种种不方便。第一，我们的注意力和记忆力所能及的范围有一定的限度，把几千字甚至几万字的文章都一字一句地记在心里，同时注意到每字每句每段的线索关联，并且还要一直向前思索，纵假定是可能，这种繁重的工作对于心力也未免是一种不必要的损耗。其次，这也许是我个人的心理习惯，我想到一点意思，就必须把它写下来，否则那意思在心里只是游离不定。好比打仗，想出一个意思是夺取一块土地，把它写下来就像筑一座堡垒，可以把它守住，并且可以做进一步袭击的基础。第三，写自身是一个集中注意力的助力，既在写，心思就不易旁迁他涉。还不仅此，写成的字句往往可以成为思想的刺激剂，我有时本来已把一段话预先想好，可是把它写下来时，新的意思常源源而来，结果须把预定的一段话完全改过。普通所谓“由文生情”与“兴会淋漓”，大半在这种时机发现。只有在这种时机，我们才容易写出好文章。

我个人所采用的是全用腹稿和全不用腹稿两极端的一种折中办法。在定了题目之后，我取一张纸条摆在面前，抱着那题目四方八面地想。想时全凭心理学家所谓“自由联想”，不拘大小，不问次序，想得一点意思，就用三五个字的小标题写在纸条上，如此一直想下去，一直记下去，到当时所能想到的意思都记下来了为止。这种寻思的工作做完了，我于是把杂乱无章的小标题看一眼，仔细加一番衡量，把无关重要的无须说的各点一齐丢开，把应该说的选择出来，再在其中理出一个线索和次第，另取一张纸条，顺这个线索和次第用小标题写成一个纲要。这纲要写好了，文章的轮廓已具。每小标题成为一段的总纲。于是我依次第逐段写下去。写一段之先，把那一段的话大致想好，写一句之先，也把那一句的话大致想好。这样写下去时，像上面所说的，有时有新意思涌现，我马上就修改。一段还没有写妥时，我决不把它暂时摆下，继续写下去。因此，我往往在半途废去了很多稿纸，但是一篇写完了，我无须再誊清，也无须大修改。这种折中的办法颇有好处，一则纲要先想好，文章就有层次，有条理，有轻重安排，总之，就有形式；二则每段不预先决定，任临时触机，写时可以有意到笔随之乐，文章也不至于过分板滞。许多画家作画，似亦采取这种办法。他们先画一个大轮廓，然后逐渐填枝补叶，显出色调线纹阴阳向背。预定轮廓之中，仍可有气韵生动。

寻思是作文的第一步重要工作，思有思路，思路有畅通时也有蔽塞时。大约要思路畅通，须是精力弥满，脑筋清醒，再加上风日清和，窗明几净，临时没有外扰败兴，杂念萦怀。这时候静坐凝思，新意自会像泉水涌现，一新意酿成另一新意；如果辗转生发，写作便成为人生一件最大的乐事。一般“兴会淋漓”的文章大半都是如此作成。提笔作文时最好能选择这种境界，并且最好能制造这种境界。不过这是理想，有时这种境界不容易得到，有时虽然条件具备，文思仍然蔽塞。在蔽塞时，我们是否就应放下呢？抽象的理论姑且丢开，只就许多著名的作家的经验来看，苦思也有苦思的收获。唐人有“吟成一个字，捻断数茎须”的传说，李白讥诮杜甫说“借问近来太瘦生，总为从来作诗苦”，李长吉的母亲说“呕出心肝乃已”。福楼拜有一封信札，写他著书的艰难说：“我今天弄得头昏脑晕，灰心丧气。我作了四个钟头，没有作出一句来。今天整天没有写成一行，虽然涂去了一百行。这工作真难！艺术啊，你是什么恶魔？为什么要这样咀嚼我们的心血？”但是他们的成就未始不从这种艰苦奋斗得来。元遗山与张仲杰论文诗说：“文章出苦心，谁以苦心为？”大作家看重“苦心”，于此可见。就我个人所能看得到的来说，苦心从不会白费的，思路太畅时，我们信笔直书，少控制，常易流于浮滑；苦思才能剥茧抽丝，鞭辟入里，处处从深一层着想，才能沉着委婉，此其一。苦思在当时或许无所得，但是在潜意识中它的工作仍在酝酿，到成熟时可以“一旦豁然贯通”，普通所谓“灵感”大半都先经苦思的准备，到了适当时机便突然涌现，此其二。难关可以打通，平路便可驰骋自如。苦思是打破难关的努力，经过一番苦思的训练之后，手腕便逐渐娴熟，思路便不易落平凡，纵遇极难驾驭的情境也可以手挥目送，行所无事，此其三。大抵文章的畅适境界有两种，有生来即畅适者，有经过艰苦经营而后畅适者。就已成功的作品看，好像都很平易，其实这中间分别很大，入手即平易者难免浮浅，由困难中获得平易者大半深刻耐人寻味，这是铅锡与百炼精钢的分别，也是袁简斋与陶渊明的分别。王介甫所说的“看似寻常最奇倔，成如容易却艰辛”，是文章的胜境。

作文运思有如抽丝，在一团乱丝中拣取一个丝头，要把它从错杂纠纷的关系中抽出，有时一抽即出，有时须绕弯穿孔解结，没有耐心就会使紊乱的更加紊乱。运思又如射箭，目前悬有鹄的，箭朝着鹄的发，有时一发即中，也有因为瞄准不正确，用力不适中，箭落在离鹄的很远的地方，习射者须不惜努力尝试，多发总有一中。

这譬喻不但说明思路有畅通和艰涩的分别，还可说明一个意思的涌现，固然大半凭人力，也有时须碰机会。普通所谓“灵感”，虽然源于潜意识的酝酿，多少也含有机会的成分。大约文艺创作的起念不外两种。一种是本来无意要为文，适逢心中偶然有所感触，一种情境或思致，觉得值得写一写，于是就援笔把它写下来。另一种是预定题目，立意要作一篇文章，于是抱着那题目想，想成熟了然后把它写下。从前人写旧诗标题常用“偶成”和“赋得”的字样，“偶成”者触兴而发，随时口占，“赋得”者定题分韵，拈得一字，就用它为韵作诗。我们可以用这个术语，把文学作品分为“偶成”和“赋得”两类。“偶成”的作品全凭作者自己高兴，逼他写作的只有情思需要表现的一个内心冲动，不假外力。“赋得”的作品大半起于外力的催促，或是要满足一种实用的需要，如宣传、应酬、求名谋利、练习技巧之类。按理说，只有“偶成”作品才符合纯文学的理想，但是在事实上现存的文学作品大半属于“赋得”的一类，细看任何大家的诗文集就可以知道。“赋得”类也自有好文章，不但应酬唱和诗有好的，就是策论、奏疏、墓志铭之类也未可一概抹杀。一般作家在练习写作时期常是做“赋得”的工作。

“赋得”是一种训练,“偶成”是一种收获。一个作家如果没有经过“赋得”的阶段,“偶成”的机会不一定有,纵有也不会多。

“赋得”所训练的不仅是技巧,尤其是思想。一般人误信文学与科学不同,无须逻辑的思考。其实文学只有逻辑的思考固然不够,没有逻辑的思考却也决不行。诗人柯尔律治在他的《文学传记》里眷念一位无名的老师,因为从这老师的教诲,他才深深地了解极放纵的诗还是有它的逻辑。我常觉得,每一个大作家必同时是他自己的严厉的批评者。所谓“批评”就要根据逻辑的思想和文学的修养。一件作品如果有毛病——无论是在命意布局或是在造句用字——仔细穷究,病源都在思想。思想不清楚的人作出来的文章决不会清楚。思想的毛病除了精神失常以外,都起于懒惰,遇着应该分析时不仔细分析,应该斟酌时不仔细斟酌,只图模糊敷衍,囫囵吞枣混将过去。练习写作第一件要事就是克服这种心理的懒怠,随时彻底认真,一字不苟,肯朝深处想,肯向难处做。如果他养成了这种谨严的思想习惯,始终不懈,他决不会作不出好的文章。

选择与安排

在作文运思时，最重要而且最艰苦的工作不在搜寻材料，而在有了材料之后，将它们加以选择与安排，这就等于说，给它们一个完整有生命的形式。材料只是生糙的钢铁，选择与安排才显出艺术的锤炼刻画。就生糙的材料说，世间可想到可说出的话在大体上都已经从前人想过说过；然而后来人却不能因此就不去想不去说，因为每个人有他的特殊的生活情境与经验，所想所说的虽大体上仍是那样的话，而想与说的方式却各不相同。变迁了形式，就变迁了内容。所以他所想所说尽管在表面上是老生常谈，而实际上却可以是一种新鲜的作品，如果选择与安排给了它一个新的形式，新的生命。"袅袅兮秋风，洞庭波兮木叶下"，在大体上和"菡萏香销翠叶残，西风愁起绿波间"表现同样的情致，而各有各的佳妙处，所以我们不能说后者对于前者是重复或是抄袭。莎士比亚写过夏洛克以后，许多作家接着写过同样典型的守财奴（莫里哀的阿尔巴贡和巴尔扎克的葛朗台是著例），也还是一样入情入理。材料尽管大致相同，每个作家有他的不同的选择与安排,这就是说,有他的独到的艺术手腕,所以仍可以有他的特殊的艺术成就。

最好的文章,像英国小说家斯威夫特所说的,须用“最好的字句在最好的层次”。找最好的字句要靠选择,找最好的层次要靠安排。其实这两桩工作在人生各方面都很重要,立身处世到处都用得着,一切成功和失败的枢纽都在此。在战争中我常注意用兵,觉得它和作文的诀窍完全相同。善将兵的人都知道兵在精不在多。精兵一人可以抵得许多人用,疲癃残疾的和没有训练、没有纪律的兵愈多愈不易调动,反而成为累赘或障碍。一篇文章中每一个意思或字句就是一个兵,你在调用之前,须加一番检阅,不能作战的,须一律淘汰,只留下精锐,让他们各站各的岗位,各发挥各的效能。排定岗位就是摆阵势,在文章上叫作“布局”。在调兵布阵时,步、骑、炮、工、辎须有联络照顾,将、校、尉、士、卒须按部就班,全战线的中坚与侧翼,前锋与后备,尤须有条不紊。虽是精锐,如果摆布不周密,纪律不严明,那也就成为乌合之众,打不来胜仗。文章的布局也就是一种阵势,每一段就是一个队伍,摆在最得力的地位才可以发生最大的效用。

文章的通病总不外两种,不知选择和不知安排。第一步是选择。斯蒂文森说,文学是“裁剪的艺术”。裁剪就是选择的消极方面。有选择就必有排弃,有割爱。在兴酣采烈时,我们往往觉得自己所想到的意思样样都好,尤其是费过苦心得来的,要把它一笔勾销,似未免可惜。所以割爱是大难事,它需要客观的冷静,尤其需要谨严的自我批评。不知选择大半由于思想的懒惰和虚荣心所生的错觉。遇到一个题目来，不肯朝深一层想，只浮光掠影地凑合一些实在是肤浅陈腐而自以为新奇的意思，就把它们和盘托出。我常看大学生的论文，把一个题目所有的话都一五一十地说出来，每一点都约略提及，可是没有一点说得透彻，甚至前后重复或自相矛盾。如果有几个人同作一个题目，说的话和那话说出来的形式都大半彼此相同，看起来只觉得“天下老鸦一般黑”。这种文章如何能说服读者或感动读者？这里我们可以再就用兵打比譬，用兵制胜的要诀在占领要塞，击破主力。要塞既下，主力既破，其余一切就望风披靡，不攻自下。古人所以有“射人先射马，擒贼先擒王”的说法。如果虚耗兵力于无战略性的地点，等到自己的实力消耗尽了，敌人的要塞和主力还屹然未动，那还能希望打什么胜仗？作文章不能切中要害，错误正与此相同。在艺术和在自然一样，最有效的方式常是最经济的方式，浪费不仅是亏损而且也是伤害。与其用有限的力量于十件事上而不能把任何一件事做得好，不如以同样的力量集中在一件事上，把它做得斩钉截铁。作文章也是如此。世间没有说得完的话，你想把它说完，只见得你愚蠢；你没有理由可说人人都说的话，除非你比旁人说得好，而这却不是把所有的话都说完所能办到的。每篇文章必有一个主旨，你须把着重点完全摆在这主旨上，在这上面鞭辟入里，烘染尽致，使你所写的事理情态成一个世界，突出于其他一切世界之上，像浮雕突出于石面一样。读者看到，马上就可以得到一个强有力的印象，不由得他不受说服和感动。这就是选择，这就是攻坚破锐。

我们最好拿戏剧、小说来说明选择的道理。戏剧和小说都描写人和事。人和事的错综关系向来极繁复，一个人和许多人有因缘，一件事和许多事有联络，如果把这些关系辗转追溯下去，可以推演到无穷。一部戏剧或小说只在这无穷的人事关系中割出一个片段来，使它成为一个独立自足的世界，许多在其他方面虽有关系而在所写的一方面无大关系的事事物物，都须斩断撇开。我们在谈劫生辰纲的梁山泊好汉，生辰纲所要送到的那个豪贵场合也许值得描写，而我们却不能去管。谁不想知道哈姆雷特在威登堡的留学生活，但是我们现在只谈他的家庭悲剧，时间和空间的限制都不许我们搬到威登堡去看一看。再就划定的小范围来说，一部小说或戏剧须取一个主要角色或主要故事做中心，其余的人物故事穿插，须能烘托这主角的性格或理清这主要故事的线索，适可而止，多插一个人或一件事就显得臃肿繁芜。再就一个角色或一个故事的细节来说，那是数不尽的，你必须有选择，而选择某一个细节，必须有它典型性，选了它其余无数细节就都可不言而喻。悭吝人到处悭吝，吴敬梓在《儒林外史》里写严监生，只挑选他临死时看见油灯里有两茎灯芯不闭眼一事。《红楼梦》对于妙玉着笔墨最少，而她那一副既冷僻而又不忘情的心理却令我们一见不忘。刘姥姥吃过的茶杯她叫人掷去，却将自己用的绿玉斗斟茶给宝玉；宝玉做寿，众姊妹闹得欢天喜地，她一人枯坐参禅，却暗地递一张粉红笺的贺帖。寥寥数笔，把一个性格，一种情境，写得活灵活现。在这些地方多加玩索，我们就可悟出选择的道理。

选择之外,第二件要事就是安排,就是摆阵势。兵家有所谓“常山蛇阵”,它的特点是“击首则尾应,击尾则首应,击腹则首尾俱应”。亚里士多德在《诗学》里论戏剧结构说它要完整,于是替“完整”一词下了一个貌似平凡而实精深的定义:“我所谓完整是指一件事物有头,有中段,有尾。头无须有任何事物在前面笼盖着,而后面却必须有事物承接着。中段要前面既有事物笼盖着,后面又有事物承接着。尾须有事物在前面笼盖着,却不须有事物在后面承接着。”这与“常山蛇阵”的定义其实是一样。用近代语言来说,一个艺术品必须为完整的有机体,必须是一件有生命的东西。有生命的东西第一须有头有尾有中段,第二是头尾和中段各在必然的地位,第三是有一股生气贯注于全体,某一部分受影响,其余各部分不能麻木不仁。一个好的阵形应如此,一篇好的文章布局也应如此。一段话如果丢去仍于全文无害,那段话就是赘疣;一段话如果搬动位置仍于全文无害,那篇文章的布局就欠斟酌。布局愈松懈,文章的活力就愈薄弱。

从前中国文人讲文章义法,常把布局当作呆板的形式来谈,例如全篇局势须有起承转合,脉络须有起伏呼应,声调须有抑扬顿挫,命意须有正反侧,如作字画,有阴阳向背。这些话固然也有它们的道理,不过它们是由分析作品得来的,离开作品而空谈义法,就不免等于纸上谈兵。我们想懂得布局的诀窍,最好是自己分析完美的作品;同时,自己在写作时,多费苦心衡量斟酌。最好的分析材料是西方戏剧杰作,因为它们的结构通常都极严密。习作戏剧也是学布局的最好方法,因为戏剧须把动作表现于有限时间与有限空间之中，如果起伏呼应不紧凑，就不能集中观众的兴趣，产生紧张的情绪。我国史部要籍如《左传》、《史记》之类在布局上大半也特别讲究，值得细心体会。一篇完美的作品，如果细细分析，在结构上必具备下面的两个要件：

第一是层次清楚。文学像德国学者莱辛所说的，因为用在时间上承续的语文为媒介，是沿着一条线绵延下去。如果同时有许多事态线索，我们不能把它们同时摆在一个平面上，如同图画上许多事物平列并存；我们必须把它们在时间上分先后，说完一点，再接着说另一点，如此生发下去。这许多要说的话，谁说在先，谁说在后，须有一个层次。层次清楚，才有上文所说的头尾和中段。文章起头最难，因为起头是选定出发点，以后层出不穷的意思都由这出发点顺次生发出来，如幼芽生发出根干枝叶。文章有生发，才能成为完整的有机体。所谓"生发"，是上文意思生发下文意思，上文有所生发，下文才有所承接。文章的"不通"有多种，最厉害的是上气不接下气，上段上句的意思没有交代清楚就搁起，下段下句的意思没有伏根就突然出现。顺着意思的自然生发脉络必有衔接，不致有脱节断气的毛病，而且意思可以融贯，不致有前后矛盾的毛病。打自己耳光，是文章最大的弱点。章实斋在韩退之《送孟东野序》里挑出过一个很好的例。上文说"凡物不得其平则鸣"，下文接着说"伊尹鸣商，周公鸣周"，伊尹、周公并非不得其平。这是自相矛盾，下文意思不是从上文意思很逻辑地生发出来。意思互相生发，就能互相呼应，也就能以类相聚，不相杂乱。杂乱有两种：

一是应该在前一段说的话遗漏着不说，到后来一段不很相称的地方勉强插进去；一是在上文已说过的话，到下文再重复说一遍。这些毛病的根由都在思想疏懈。思想如果谨严，条理自然缜密。

第二是轻重分明。文章不仅要分层次，尤其要分轻重。轻重犹如图画的阴阳光影，一则可以避免单调，起抑扬顿挫之致；二则轻重相形，重者愈显得重，可以产生较强烈的效果。一部戏剧或小说的人物和故事如果不分宾主，群龙无首，必定显得零乱芜杂。一篇说理文如果有五六层意思都平铺并重，它一定平滑无力，不能说服读者。艺术的特征是完整，完与整是相因的，整一才能完美。在许多意思并存时，想产生整一的印象，它们必须轻重分明。文章无论长短，一篇须有一篇的主旨，一段须有一段的主旨。主旨是纲，由主旨生发出来的意思是目。纲必须能领目，目必须附丽于纲，尊卑就序，然后全体自能整一。“譬如北辰，居其所而众星拱之”。一篇文章的主旨应有这种气象，众星也要分大小远近。主旨是着重点，有如照相投影的焦点，其余所有意思都附在周围，渐远渐淡。在文章中显出轻重通常不外两种办法：第一是在层次上显出。同是一个意思，摆的地位不同，所生的效果也就不同，不过我们不能指定某一地位是天然的着重点。起头有时可以成为着重点，因为它笼盖全篇，对读者可以生“先入为主”的效果；收尾通常不能不着重，虎头蛇尾是文章的大忌讳，作家往往一层深一层地掘下去，不断地引起读者的好奇心，使他不能不读到终了，到终了主旨才见分晓，故事才告结束，谜语才露谜底。中段承上启下，也可以成为着重点，戏剧的顶点大半落在中段，可以为证。一个地位能否成为着重点，全看作者渲染烘托的技巧如何，我们不能定出法则，但是可以从分析名著（尤其是叙事文）中探得几分消息。其次轻重可以在篇幅分量上显出。就普遍情形说，意思重要，篇幅应占多；意思不重要，篇幅应占少。这不仅是为着题旨醒豁，也是要在比例匀称上显出一点波澜节奏，如同图画上的阴阳。轻重倒置在任何艺术作品中都是毛病。不过这也不能一概而论，名手立论或叙事，往往在四面渲染烘托，到了主旨所在，有如画龙点睛，反而轻描淡写地掠过去，不多着笔墨。

从上面的话看来，我们可以知道文章有一定的理，没有一定的法。所以我们只略谈原理，不像一般文法修辞书籍，在义法上多加剖析。“大匠能诲人以规矩，不能使人巧。”知道文章作法，不一定就作出好文章。艺术的基本原则是寓变化于整齐，整齐易说，变化则全靠心灵的妙运，这是所谓“神而明之，存乎其人”了。

咬文嚼字

郭沫若先生的剧本《屈原》里婵娟骂宋玉说："你是没有骨气的文人！"上演时他自己在台下听，嫌这话不够味，想在"没有骨气的"下面加"无耻的"三个字。一位演员提醒他把"是"改为"这"，"你这没有骨气的文人！"就够味了。他觉得这字改得很恰当。他研究这两种语法的强弱不同，以为"你是什么"只是单纯的叙述语，没有更多的意义，有时或许竟会"不是"；"你这什么"便是坚决的判断，而且附带语省略去了。根据这种见解，他把另一文里"你有革命家的风度"一句话改为"你这革命家的风度"（参见《文学创作》第四期郭沫若《札记四则》）。

这是炼字的好例。我们不妨借此把炼字的道理研究一番。那位演员把"是"改为"这"，确实改得好，不过郭先生如果记得《水浒》，就会明白一般民众骂人，都用"你这什么"式语法。石秀骂梁中书说："你这与奴才做奴才的奴才！"杨雄醉骂潘巧云说："你这贱人！你这淫妇！你这你这大虫口里流涎！你这你这……"一口气就骂了六个"你这"。看这些实例，"你这什么!”倒不仅是“坚决的判断”,而是带有极端憎恶的惊叹语,表现着强烈的情感。“你是什么”便只是不带情感的判断,纵有情感也不能在文字本身上见出。不过它也不一定就是“单纯的叙述语,没有更多的含义”。《红楼梦》里茗烟骂金荣说:“你是个好小子,出来动一动你茗大爷!”这里“你是”含有假定语气,也带“你不是”一点讥刺的意味,如果改成“你这好小子!”神情就完全不对了。从此可知“你这”式语法并非在任何情形之下都比“你是”式语法来得更有力。其次,郭先生援例把“你有革命家的风度”改为“你这革命家的风度”,似乎改得并不很妥。一、“你这”式语法大半表示深恶痛疾,在赞美时便不适宜。二、“是”在逻辑上是连接词(copula),相当于等号;“有”的性质全不同。在“你有革命家的风度”一句中“风度”是动词的宾词;在“你这革命家的风度”中“风度”便变成主词,和“你(的)”平行根本不成一句话。

这番话不免啰唆,但是我们原在咬文嚼字,非这样锱铢必较不可。咬文嚼字有时是一个坏习惯,所以这个成语的含义通常不很好。但是在文学,无论阅读或写作,我们必须有一字不肯放松的谨严。文学借文字表现思想情感;文字上面有含糊,就显得思想还没有透彻,情感还没有凝练。咬文嚼字,在表面上像只是斟酌文字的分量,在实际上就是调整思想和情感。从来没有一句话换一个说法而意味仍完全不变。例如《史记》李广射虎一段:“李广见草中石,以为虎而射之,中石没镞,视之,石也。因更复射,终不能复入石矣。”这本是一段好文章,王若虚在《史记辨惑》里说它“凡多三石字”，当改为：“以为虎而射之，没镞，既知其为石，因更复射，终不能入。”或改为：“尝见草中有虎，射之，没镞。视之，石也。”在表面上改的似乎简洁些，却实在远不如原文。“见草中石，以为虎”并非“见草中有虎”。原文“视之，石也”有发现错误而惊讶的意味。改为“既知其为石”便失去这意味。原文“终不能复入石矣”有失望而放弃得很斩截的意味，改为“终不能入”便觉索然无味。这种分别稍有文字敏感的人细心玩索一番，自会明白。

一般人根本不了解文字和思想情感的密切关系，以为更改一两个字不过是要文字顺畅些或是漂亮些。其实更动了文字，就同时更动了思想情感，内容和形式是相随而变的。姑举一个人人皆知的实例。韩愈在月夜里听见贾岛吟诗，有“鸟宿池边树，僧推月下门”两句，劝他把“推”字改成“敲”字。这段文字因缘古今传为美谈，于今人要把咬文嚼字的意思说得好听一点，都说“推敲”。古今人也都赞赏“敲”字比“推”字下得好，其实这不仅是文字上的分别，同时也是意境上的分别。“推”固然显得鲁莽一点，但是它表示孤僧步月归寺，门原来是他自己掩的，于今他“推”。他须自掩自推，足见寺里只有他孤零零的一个和尚。在这冷寂的场合，他有兴致出来步月，兴尽而返，独往独来，自在无碍，他也自有一副胸襟气度。“敲”就显得他拘礼些，也就显得寺里有人应门。他仿佛是乘月夜访友，他自己不甘寂寞，那寺里如果不是热闹场合，至少也有一些温暖的人情。比较起来，“敲”的空气没有“推”的那么冷寂。就上句“鸟宿池边树”看来，“推”似乎比“敲”要调和些。“推”可以无声，“敲”就不免剥啄有声，惊起了宿鸟，打破了岑寂,也似乎频添了搅扰。所以我很怀疑韩愈的修改是否真如古今所称赏的那么妥当。究竟哪一种意境是贾岛当时在心里玩索而要表现的,只有他自己知道。如果他想到“推”而下“敲”字,或是想到“敲”而下“推”字,我认为那是不可能的事。所以问题不在“推”字和“敲”字哪一个比较恰当,而在哪一种境界是他当时所要说的而且与全诗调和的。在文字上推敲,骨子里实在是在思想情感上“推敲”。

无论是阅读或写作,字的难处在意义的确定与控制。字有直指的意义,有联想的意义。比如说“烟”,它的直指的意义见过燃烧体冒烟的人都会明白,只是它的联想的意义迷离不易捉摸,它可联想到燃烧弹,鸦片烟榻,庙里焚香,“一川烟水”,“杨柳万条烟”,“烟光凝而暮山紫”,“蓝田日暖玉生烟”……种种境界。直指的意义载在字典,有如月轮,明显而确实;联想的意义是文字在历史过程上所累积的种种关系,有如轮外圆晕,晕外霞光,其浓淡大小随人随时随地而各个不同,变化莫测。科学的文字愈限于直指的意义就愈精确,文学的文字有时却必须顾到联想的意义,尤其是在诗方面。直指的意义易用,联想的意义却难用,因为前者是固定的,后者是游离的;前者偏于类型,后者偏于个性。既是游离的,个别的,它就不易控制,而且它可以使意蕴丰富,也可以使意思含糊甚至于支离。比如说苏东坡的《惠山烹小龙团》诗里三四两句“独携天上小团月,来试人间第二泉”,“天上小团月”是由“小龙团”茶联想起来的,如果你不知道这个关联,原文就简直不通;如果你不了解明月照着泉水和清茶泡在泉水里那一点共同的清沁肺腑的意味，也就失去原文的妙处。这两句诗的妙处就在不即不离若隐若现之中。它比用“惠山泉水泡小龙团茶”一句话来得较丰富，也来得较含混有蕴藉。难处就在于含混中显得丰富。由“独携小龙团，来试惠山泉”变成“独携天上小团月，来试人间第二泉”，这是点铁成金。文学之所以为文学就在这一点生发上面。

这是一个善用联想意义的例子。联想意义也最易误用而生流弊。联想起于习惯，习惯老是欢喜走熟路。熟路抵抗力最低，引诱性最大，一人走过，人人就都跟着走，愈走就愈平滑俗滥，没有一点新奇的意味。字被人用得太滥，也是如此。从前作诗文的人都依靠《文料触机》、《幼学琼林》、《事类统编》之类书籍，要找辞藻典故，都到那里去乞灵。美人都是“柳腰桃面”，“王嫱、西施”，才子都是“学富五车，才高八斗”；谈风景必是“春花秋月”，叙离别不离“柳岸灞桥”；做买卖都有“端木遗风”，到现在用铅字排印书籍还是“付梓”、“杀青”。像这样例子举不胜举，它们是从前人所谓“套语”，我们所谓“滥调”。一件事物发生时立即使你联想到一些套语滥调，而你也就安于套语滥调，毫不斟酌地使用它们，并且自鸣得意。这就是近代文艺心理学家们所说的“套板反应”（stock response）。一个人的心理习惯如果老是倾向“套板反应”，他就根本与文艺无缘，因为就作者说，“套板反应”和创造的动机是仇敌；就读者说，它引不起新鲜而真切的情趣。一个作者在用字用词上面离不掉“套板反应”，在运思布局上面，甚至于在整个人生态度方面也就难免如此。不过习惯力量的深广非我们意料所及，沿着习惯去做，总比新创较省力，人生来有惰性，常使我们不知不觉地一滑就滑到“套板反应”里去。你如果随便在报章杂志或是尺牍宣言里面挑一段文章来分析，你就会发现那里面的思想情感和语言大半都由“套板反应”起来的。韩愈谈他自己作古文，“惟陈言之务去”。这是一句最紧要的教训。语言跟着思想情感走，你不肯用俗滥的语言，自然也就不肯用俗滥的思想情感，你遇事就会朝深一层去想，你的文章也就真正是“作”出来的，不致落入下乘。

以上只是随便举几个实例，说明咬文嚼字的道理。例子举不尽，道理也说不完。我希望读者从这粗枝大叶的讨论中，可以领略运用文字所应有的谨严精神。本着这个精神，他随处留心玩索，无论是阅读或写作，就会逐渐养成创作和欣赏都必需的好习惯。他不能懒，不能粗心，不能受一时兴会所生的幻觉迷惑而轻易自满。文学是艰苦的事，只有刻苦自勉，推陈翻新，时时求思想情感与语文的精练与吻合，他才会逐渐达到艺术的完美。

散文的声音节奏

咬文嚼字应从意义和声音两方面着眼。上篇我们只谈推敲字义，没有提到声音。声音与意义本不能强分，有时意义在声音上见出还比在习惯的联想上见出更微妙，所以有人认为讲究声音是行文的最重要的功夫。我们把这问题特别另作专篇来讨论，也就因为这个缘故。我们把诗除外，因为诗要讲音律，是人人都知道的，而且从前人在这方面已经说过很多的话。至于散文的声音节奏在西方虽有语音学专家研究，在我国还很少有人注意。一般人谈话写文章（尤其是写语体文），都咕咕噜噜地滚将下去，管他什么声音节奏！

从前人作古文，对声音节奏却也讲究。朱子说："韩退之、苏明允作文，敝一生之精力，皆从古人声响处学。"韩退之自己也说："气盛则言之短长，声之高下，皆宜。"清朝桐城派文家学古文，特重朗诵，用意就在揣摩声音节奏。刘海峰谈文，说："学者求神气而得之音节，求音节而得之字句，思过半矣。"姚姬传甚至谓："文章之精妙不出字句声色之间，舍此便无可窥寻。”此外古人推重声音的话还很多,引不胜引。

声音对于古文的重要可以从几个实例中看出。

范文正公作《严先生祠堂记》,收尾四句歌是:“云山苍苍,江水泱泱,先生之德,山高水长。”他的朋友李太伯看见,就告诉他:“公此文一出名世,只一字未妥。”他问何字,李太伯说:“先生之德不如改先生之风。”他听了很高兴,就依着改了。“德”字与“风”字在意义上固然不同,最重要的分别还在声音上面。“德”字仄声音哑,没有“风”字那么沉重响亮。

相传欧阳公作《画锦堂记》已经把稿子交给来求的人,而那人回去已经走得很远了,猛然想到开头两句“仕宦至将相,锦衣归故乡”,应加上两个“而”字,改为“仕宦而至将相,锦衣而归故乡”,立刻就派人骑快马去追赶,好把那两个“而”字加上。我们如果把原句和改句朗诵来比较看,就会明白这两个“而”字关系确实重大。原句气局促,改句便很舒畅;原句意直率,改句便有抑扬顿挫。从这个实例看,我们也可以知道音与义不能强分,更动了声音就连带地更动了意义。“仕宦而至将相”比“仕宦至将相”意思多一个转折,要深一层。

古文难于用虚字,最重要的虚字不外承转词(如上文“而”字),肯否助词(如“视之,石也”的“也”字),以及惊叹疑问词(如“独吾君也乎哉?”句尾三虚字)几大类。普通说话声音所表现的神情也就在承转、肯否、惊叹、疑问等地方见出,所以古文讲究声音,特别在虚字上做功夫。《孔子家语》往往抄袭《檀弓》而省略虚字,神情便比原文差得远。例如“仲子亦犹行古之道也”（《檀弓》）比“仲子亦犹行古人之道”（《孔子家语》），“予恶夫涕之无从也”（《檀弓》）比“予恶夫涕而无以将之”（《孔子家语》），“夫子为弗闻也者而过之”（《檀弓》）比“夫子为之隐佯不闻以过之”（《孔子家语》），风味都较隽永。柳子厚《钴姆潭记》收尾“于以见天之高，气之迥，孰使予乐居夷而忘故土者，非兹潭也欤？”如果省去两个“之”字为“天高气迥”，省去“也”字为“非兹潭欤”，风味也就不如原文。

古文讲究声音，原不完全在虚字上面，但虚字最为紧要。此外段落的起伏开合，句的长短，字的平仄，文的骈散，都与声音有关。这须拿整篇文章来分析，才说得明白，不是本文篇幅所许可的。从前文学批评家常用“气势”、“神韵”、“骨力”、“姿态”等词，看来好像有些弄玄虚，其实他们所指的只是种种不同的声音节奏，声音节奏在科学文里可不深究，在文学文里却是一个最主要的成分，因为文学须表现情趣，而情趣就大半要靠声音节奏来表现，犹如在说话时，情感表现于文字意义的少，表现于语言腔调的多，是一个道理。从前人研究古文，特别着重朗诵。姚姬传说：“大抵学古文者必要放声疾读，又缓读，只久之自悟。若但能默看，即终身作外行也。”读有读的道理，就是从字句中抓住声音节奏，从声音节奏中抓住作者的情趣、“气势”或“神韵”。自己作文，也要常拿来读读，才见出声音是否响亮，节奏是否流畅。

领悟文字的声音节奏，是一件极有趣的事。普通人以为这要耳朵灵敏，因为声音要用耳朵听才生感觉。就我个人的经验来说，耳朵固然要紧，但是还不如周身筋肉。我读音调铿锵、节奏流畅的文章，周身筋肉仿佛做同样有节奏的运动;紧张,或是舒缓,都产生出极愉快的感觉。如果音调节奏上有毛病,我的周身筋肉都感觉局促不安,好像听厨子刮锅烟似的。我自己在作文时,如果碰上兴会,筋肉方面也仿佛在奏乐,在跑马,在荡舟,想停也停不住。如果意兴不佳,思路枯涩,这种内在的筋肉节奏就不存在,尽管费力写,写出来的文章总是吱咯吱咯的,像没有调好的弦子。我因此深信声音节奏对于文章是第一件要事。

我们放弃了古文来作语体文,是否还应该讲声音节奏呢?维护古文的人认为语体文没有音调,不能拉着嗓子读,于是就认为这是语体文的一个罪状。作语体文的人往往回答说:文章原来只是让人看的,不是让人唱的,根本就用不着什么音调。我看这两方面的话都不很妥当。既然是文章,无论古今中外,都离不掉声音节奏。古文和语体文的不同,不在声音节奏的有无,而在声音节奏形式化的程度大小。古文的声音节奏多少是偏于形式的,你读任何文章,大致都可以拖着差不多的调子。古文能够拉着嗓子读,原因也就在它总有个形式化的典型,犹如歌有乐谱,固然每篇好文章于根据这个典型以外还自有个性。语体文的声音节奏就是日常语言的,自然流露,不主故常。我们不能拉着嗓子读语体文,正如我们不能拉着嗓子谈话一样。但是语体文必须念着顺口,像谈话一样,可以在长短、轻重、缓急上面显出情感思想的变化和生展。古文好比京戏,语体文好比话剧。它们的分别是理想与写实,形式化与自然流露的分别。如果讲究得好,我相信语体文比古文的声音节奏应该更生动,更有味。

不拘形式，纯任自然，这是语体文声音节奏的特别优点。因此，古文的声音节奏容易分析，语体文的声音节奏却不易分析。刘海峰所说的“无一定之律，而有一定之妙”，用在语体文比用在古文上面还更恰当。我因为要举例说明语体文的声音节奏，拿《红楼梦》和《儒林外史》来分析，又拿老舍、朱自清、沈从文几位文字写得比较好的作家来分析，我没有发现旁的诀窍，除掉“自然”、“干净”、“浏朗”几个优点以外。比如说《红楼梦》二十八回宝玉向黛玉说心事：

> 当初姑娘来了，那不是我陪着顽笑！凭我心爱的，姑娘要，就拿去；我爱吃的，听见姑娘也爱吃，连忙干干净净收着；等着姑娘到来，一桌子吃饭，一床儿上睡觉。丫头们想不到的，我怕姑娘生气，我替丫头们想到。我心里想着：姊妹们从小儿长大，亲也罢，热也罢，和气到了底，才见的比别人好。如今谁承望姑娘人大心大，不把我放在眼睛里！……

这只是随便挑出的，你把全段念着看，看它多么顺口，多么能表情，一点不做作，一点不拖沓。如果你会念，你会发现它里面也有很好的声音节奏。它有骈散交错，长短相间，起伏顿挫种种道理在里面，虽然这些都是出于自然，没有很显著的痕迹。

我也分析过一些写得不很好的语体文，发现文章既写得不好，声音节奏也就不响亮流畅。它的基本原因当然在作者的思路不清楚,情趣没有洗练得好,以及驾驭文字的能力薄弱。单从表面看,语体文的声音节奏有毛病,大致不外两个原因。第一个原因是文白杂糅,像下面随意在流行的文学刊物上抄来的两段:

> 摆夷的垄山多半是在接近村寨的地方,并且是树林荫翳,备极森严。其中荒冢累累,更增凄凉的成分。这种垄山恐怕就是古代公有墓园的遗风。故祭垄除崇拜创造宇宙的神灵外,还有崇拜祖先的动机。……

> 他的丑相依然露在外面,欺哄得过的无非其同类不求认识人格之人而已。然进一步言之,同类人亦不能欺哄,因同类人了解同类人尤其清楚。不过,有一点可得救的,即他们不求自反自省,所以对人亦不曾,且亦不求分析其最后之人格,此所以他们能自欺兼以欺人……

这些文章既登在刊物上,当然不能算是最坏的例子,可是念起来也就很"别扭"。我们不能像读古文一样拖起调子来哼,又不能用说话或演戏的腔调来说。第一例用了几句不大新鲜的文言,又加上"增"、"故"两个作文言文用法的字,显得非驴非马,和上下文不调和。第二例除掉杂用文言文的用字法以外,在虚字上面特别不留心。你看:"无非……而已……

然……不过……即……所以……亦……且亦……此所以……兼以……”一条线索多么纠缠不清！语体文的字和词不够丰富，须在文言文里借用，这是无可反对的。语体文本来有的字和词，丢着不用，去找文言文的代替字，那何不索性作文言文？最不调和的是在语体文中杂用文言文所特有的语句组织，使读者不知是哼好还是念好。比如说，“然进一步言之，同类人亦不能欺哄，因同类人了解同类人尤其清楚”一段话，如果写成纯粹的语体文，就应该是：“但是进一步来说，同类人也难得欺哄，因为同类人了解同类人更加清楚。”这样地，我们说起来才顺口，才有自然的节奏。

其次，没有锤炼得好的欧化文在音调节奏上也往往很糟，像下面的例子：

> 当然这不是说不要想象，而且极需要想象给作品以生动的色彩。但是想象不是幻想而是有事实，或经验作为根据。表现可能的事实，这依然对现象忠实，或者更忠实些。我们不求抓住片段的死的事实，而求表现真理。因为真理的生命和常存，那作品也就永远是活的。……

> 春来了，花草的生命充分表现在那嫩绿的枝叶和迷乱的红云般花枝，人的青春也有那可爱的玉般肢体和那苹果似的双颊呈现……

作者很卖气力，我们可以想象得到；但是这样生硬而笨重的句子里面究竟含有什么深奥的道理？第一例像是一段生吞活剥的翻译，思路不清楚，上下不衔接（例如第一句“而且”接什么？“可能的事实”成什么话？作者究竟辩护想象，还是主张对现象忠实，还是赞扬真理？），音调节奏更说不上。第二例模仿西文堆砌形容词，把一句话（本来根本不成话，那双颊是人的还是青春的？）拖得冗长，念起来真是佶屈聱牙。从这个实例看，我们可以明白思路和节奏的密切关系，思想错乱，节奏就一定错乱；至于表面上欧化的痕迹还是次要的原因。适宜程度的欧化是理应提倡的，但是本国语文的特性也应当顾到。用外国文语句构造法来运用中文，用不得当，就像用外国话腔调说中国话一样滑稽可笑。

我在这里只是随意举例说明声音节奏上的毛病，对所引用的作者并非要做恶意的批评，还请他们原谅。语体文还在试验时期，错误人人都难免。我们既爱护语体文，就应努力使它在声音节奏上比较完美些，多给读者一些愉快，少给责难者一些口实。这事要说是难固然是难，要说是容易也实在容易。先把思想情感洗练好，下笔时你就当作你是在谈话，让思想情感源源涌现，力求自然。你在向许多人说话，要说服他们，感动他们，当然不能像普通谈话那样无剪裁，无伦次。你须把话说得干净些，响亮些，有时要斩截些，有时要委婉些。照这样办，你的文章在声音节奏上就不会有毛病。旁人读你的文章，就不但能明白你的意思，而且听得见你的声音，看得见你的笑貌。“如闻其语，如见其人。”你于是成为读者的谈心的朋友，你的话对于他也就亲切有味。

文学与语文(上):内容、形式与表现

从前我看文学作品,摄引注意力的是一般人所说的内容。如果它所写的思想或情境本身引人入胜,我便觉得它好,根本不很注意到它的语言文字如何。反正语文是过河的桥,过了河,桥的好坏就可不用管了。近年来我的习惯几已完全改过。一篇文学作品到了手,我第一步就留心它的语文。如果它在这方面有毛病,我对它的情感就冷淡了好些。我并非要求美丽的辞藻,存心装饰的文章甚至使我嫌恶;我所要求的是语文的精确妥帖,心里所要说的与手里所写出来的完全一致,不含糊,也不夸张,最适当的字句安排在最适当的位置。那一句话只有那一个说法,稍加增减更动,便不是那么一回事。语文做到这个地步,我对作者便有绝对的信心。从我自己的经验和对于文学作品的观察看来,这种精确妥帖的语文颇不是易事,它需要尖锐的敏感,极端的谨严,和极艰苦的挣扎。一般人通常只是得过且过,到大致不差时便不再苛求。他们不了解在文艺方面,差之毫厘往往谬以千里。文艺的功用原在表现,如果写出来的和心里所想说的不一致,那就无异于说谎,失去了表现的意义。一个作家如果不在语文精确妥帖上苛求,他不是根本不了解文学,就是缺乏艺术的良心,肯对他自己不忠实。像我们在下文须详细分析的,语文和思想是息息相关的。一个作家在语文方面既可以苟且敷衍,他对于思想情感的洗练安排也就一定苟且敷衍。处处都苟且敷衍,他的作品如何能完美?这是我侧重语文的一个看法。

我得到这么一个看法,并不是完全拿科学头脑来看文学,硬要文学和数学一样,二加二必等于四。我细心体会阅读和写作的经验,觉得文学上的讲究大体是语文上的讲究,而语文的最大德性是精确妥帖。文学与数学不同的,依我看来,只有两点:一是心里所想的不同,数学是抽象的理,文学是具体的情境;一是语文的效果不同,数学直述,一字只有一字的意义,不能旁生枝节,文学暗示,一字可以有无穷的含蓄。穷到究竟,这还是因为所想的不同,理有固定的线索,情境是可变化可伸缩的。至于运用语文需要精确妥帖,使所说的恰是所想说的,文学与数学并无二致。

人人都承认文学的功用在表现,不过究竟什么叫作"表现",用这名词的人大半不深加考究。依一般的看法,表现是以形式表现内容。这话原来不错,但是什么是内容,什么是形式,又是一个纠纷的问题。中国旧有"意内言外"和"意在言先"的说法。照这样看,以"言"表现"意","意"就是内容,"言"就是形式。表现就是拿在外在后的"言"来翻译在内在先的"意"。有些人纵然不以为言就是形式,也至少认为形式是属于言的。许多文学理论上的误解都由此生,我们须把它加以谨严的分析。

“意”是情感思想的合称。情感是生理的反应在意识上所生的感觉，自身迷离恍惚，不易捉摸。文艺表现情感，不能空洞地言悲言喜，再加上一些惊叹号，它必须描绘情感所由生的具体情境，比如哈姆雷特的悲哀、彷徨和冲突，在莎翁名剧中是借一些可表演于舞台的言动笑貌表现出来的。这就是说，情感必须化为思想，才可以表现得出。这里所谓“思想”有两种方式。一种运用抽象的概念，一种运用具体的意象。比如说“我打狗”这个思想内容，我们可以用“我”、“打”、“狗”三个字所指的意义连串起来想，也可以用“我的身体形象”，“打的动作姿态”和“狗被打时的形象”连成一幅图画或一幕戏景来想。前者是概念的思想，后者是意象的思想，就是“想象”。两种都离不开“想”的活动。文艺在大体上用具体情境（所想的象）表现情感，所以“意”是情感饱和的思想。

在未有语文时，原始人类也许很少有抽象的概念，须全用具体的意象去想，几乎一切思想都是想象。这是最生动的想法，也是最笨拙的想法。你试用这种想法想一想“百年三万六千日，一日须倾三百杯”，或是“左据函谷、二崤之阻，表以太华、终南之山，右界褒斜、陇首之险，带以洪河、泾、渭之川”，其中有许多事物动静，你如何能在一霎时想象遍？运用语文是思想的捷径，一个简短的符号如“三百”、“倾”、“太华”、“界”、“带”之类可以代替很笨重的实事实物。既有了语文，我们就逐渐避繁趋简，概念的思想就逐渐代替意象的思想，甚至不易成意象而有意义的事物如“百年”、“陇首”之类仍可以为思想对象。到了现在，语文和它所代表的事物已发生了根深蒂固的联想,想到实物树,马上就联想起它的名谓“树”字。在一般人的思想活动中,语文和实事实物常夹杂在一起,时而由实事实物跳到语文,时而由语文跳到实事实物。概念与形象交互织成思想的内容。因为心理习惯不同,有人侧重用实事实物去想,有人侧重用语文去想,但是绝对只用一种对象去想的人大概不会有。

语文与思想密切相关,还可以另用一些心理的事实来证明。普通说思想“用脑”,这话实在不很精确。思想须用全身,各种器官在思想时都在活动。你可以猜出一个人在用思想,甚至猜出他在想什么,因为从动作姿态上可以得到一些线索。有些人用思想时,必须身体取某种姿态,做某种活动,如叉腿、抖腿、摇头、定睛、皱眉之类,你如果勉强停止或更动他的活动姿态,就会打断他的思路。在周身中,语言器官的活动对于思想尤为重要。婴儿想到什么就须说什么,成人在自言自语时就是在用思想。有些人看书必须口里念着才行,不念就看不下去。就是“闷着想”,语言器官仍是在活动。默想“三百”,喉舌就须做说“三百”两字的动作,虽然这动作的显著程度随人而异。所以行为派心理学家说:“思想是无声的语言,语言也就是有声的思想。”单从文化演进的过程来看,思想的丰富和语文的丰富常成正比。一般动物思想不如人类,野蛮人思想不如文明人,关键都在语文的有无或贫富。人类文化的进步可以说是字典的逐渐扩大。一个民族的思想类型也往往取决于语文的特性。中国的哲学文学和西方的不同,在我看,有大半由于语文的性质不同。我们所常想的(例如有些伦理观念)

西方人根本不想；西方人所常想的（例如有些玄学观念）我们也根本不想，原因就在甲方有那一套语文而乙方没有。所以无论是哲学或文学，由甲国语文翻译到乙国语文，都很难得准确。我们固然很难说，思想和语文究竟谁是因谁是果，但是思想有时决定语言，语言也有时决定思想，这大概不成问题。

从这些事实看，思想是心理活动，它所借以活动的是事物形象和语文（即意象和概念），离开事物形象和语文，思想无所凭借，便无从进行。在为思想所凭借时，语文便夹在思想里，便是“意”的一部分，是在内的，与“意”的其余部分同时进行的。所以我们不能把语文看成在外在后的“形式”，用来“表现”在内在先的特别叫作“内容”的思想。“意内言外”和“意在言先”的说法绝对不能成立。

流俗的表现说大概不外起于两种误解。第一是把写下来的（或说出来的）语文当作在外的“言”，以为思想原无语文，到写或说时，才去另找语文，找得的语文便是思想的表现。其实在写或说之前，所要写要说的已在心中成就，所成就者是连带语文的思想，不是空洞游离的思想。比如我写下一句话，这一句话的意义连同语文组织都已在心中想好，才下笔写。写不过是记录，犹如将声音灌到留声机片，不能算是艺术的创作，更不能算是替已成的思想安一个形式。

第二个误解是起于语文有时确须费力寻求，我们常感觉到心里有话说不出，偶然有一阵感触，觉得大有“诗意”，或是生平有一段经验，仿佛是小说的好材料,只是没有本领把它写成作品。这好像是证明语文是思想以后的事。其实这是幻觉。所谓“有话说不出”,“说不出”因为它根本未成为话,根本没有想清楚。你看一部文学作品,尽管个个字你都熟悉,可是你做不到那样。举一个短例来说:“春眠不觉晓,处处闻啼鸟。夜来风雨声,花落知多少。”哪一个字你不认识,你没有用过?可是你也许终身作不成这么一首好诗。这可以证明你所缺乏的并不是语文,而是运用语文的思想。你根本没有想,或是没有能力想,在你心中飘忽来去的还是一些未成形的混乱的意象和概念,你的虚荣心使你相信它们是“诗意”或是“一部未写的小说”。你必须努力使这些模糊的意象和概念确定化和具体化,所谓确定化和具体化就是“语文化”,“诗意”才能成诗,像是小说材料的东西才能成小说。心里所能想到的原不定全有语文,但是文学须从有限见无限,只能用可以凝定于语文的情感思想来暗示其余。文学的思想不在起飘忽迷离的幻想,而在使情感思想凝定于语言。在这凝定中实质与形式同时成就。

我们写作时还另有一种现象,就是心里似有一个意思,须费力搜索才可找得适当的字句,或是已得到的一个字句还嫌不甚恰当,须费力修改,这也似足证明“意在言先”。其实在寻求字句时,我们并非寻求无意义的字句;字句既有意义,则所寻求的不单是字句而同时是它的意义。寻字句和寻意义是一个完整的心理活动,统名之为思想,其中并无内外先后的分别。比如说王介甫的“春风又绿江南岸”一句诗中的“绿”字是由“到”、“过”、

“入”、“满”诸字辗转改过来的。这几个不同的动词代表不同的意境，王介甫要把“过”、“满”等字改成“绿”字，是嫌“过”、“满”等字的意境不如“绿”字的意境，并非本来想到“绿”字的意境而下一“过”字，后来发现它不恰当，于是再换上一个“绿”字。在他的心中“绿”的意境和“绿”字同时生发，并非先想到“绿”的意境而后另找一个“绿”字来“表现”它。

语文既与思想同时成就，以语文表现思想的说法既不精确，然则“内容”、“形式”、“表现”之类名词在文艺上究竟有无意义呢？

要明白这问题，我们须进一步分析思想的性质。在文艺创作时，由起念到完成，思想常在生展的过程中，生展的方向是由浅而深，由粗而细，由模糊而明确，由混乱而秩序，这就是说，由无形式到有形式，或是由不完美的形式到完美的形式。起念时常是一阵飘忽的情感，一个条理不甚分明的思想，或是一幅未加剪裁安排的情境。这就是作者所要表现的，它是作品的胚胎，生糙的内容。他从这个起点出发去思想，内容跟着形式，意念跟着语文，时常在变动，在伸展。在未完成时，思想常是一种动态，一种倾向，一种摸索。它好比照相调配距离和度数，逐渐使所要照的人物形象投在最适合的焦点上。这种工作自然要靠技巧。老手一摆就摆在最适合的距离和角度上，初学有时须再三移动，再三尝试，才调配得好。文艺所要调配的距离角度同时是内容与形式，思想与语文，并非先把思想调配停当，再费一番手续去调配语文。一切调配妥帖了，内容与形式就已同时成就，内容就已在形式中表现出来。谈文艺的内容形式，必须以已完成的作品为凭。在未完成之前，内容和形式都可以几经变更；完成的内容和形式大半与最初所想的出入很大。在完成的作品中，内容如人体，形式如人形，无体不成形，无形不成体，内容与形式不能分开，犹如体与形不能分开。形式未成就时，内容也就没有完全成就；内容完全成就，就等于说，它有了形式；也就等于说，它被表现了。所谓“表现”就是艺术的完成；所谓“内容”就是作品里面所说的话；所谓“形式”就是那话说出来的方式。这里所谓“话”指作者心中想着要说的，是思想情感语文的化合体，先在心中成就，然后用笔记录下来。

作品无论好坏，都有一个形式，通常所谓“无形式”(formlessness)还是一种形式。坏作品的形式好比残废人的形貌，丑恶不全；好作品的形式好比健全人，体格生得齐全匀称，精神饱满。批评作品的形式只有一个很简单的标准，就是看它是否为完整的有机体。有机体的特征有两个：一是亚里士多德所说的有头有尾有中段，一是全体与部分，部分与部分，互相联络照应，变更任何一部分，其余都必同时受牵动。

这标准直接应用到语文，间接应用到思想。我们读者不能直接看到在作者心中活动的思想，只能间接从他写下来的语文窥透他的思想。这写下来的语文可以为凭，因为这原来就是作者所凭借以思想的，和他写作时整个心灵活动打成一片。思想是实体，语文是投影。语文有了完整的形式，思想决不会零落错乱；语文精妙，思想也决不会粗陋。明白这一点，就明白文学上的讲究何以大体是语文上的讲究，也就明白许多流行的关于内容与形式的辩论——例如“形式重要抑内容重要”“形式决定内容，抑内容决定形式”之类——大半缺乏哲理的根据。

附注　这问题在我脑中已盘旋了十几年，我在《诗论》里有一章讨论过它，那一章曾经换过两次稿。近来对这问题再加思索，觉得前几年所见的还不十分妥当，这篇所陈述的也只能代表我目前的看法。我觉得语文与思想的关系不很容易确定，但是在未把它确定以前，许多文学理论上的问题都无从解决。我很愿虚心思索和我不同的意见。

文学与语文（中）：体裁与风格

每一个开化民族的语文到了它的现阶段，都曾经过很悠久的历史。它常在生长、变化和新陈代谢；它是一个活的东西，随着一个民族的精神生活而生发无穷。那个民族的精神生活衰竭了，它也就随之衰竭。这种语文发展的发动和支配固然大半靠全民族在历史过程中所拿出来的力量，但是关键仍在那民族中的文学作家。他们是与语文打交涉最多最密切者，也是运用语文最谨严而又最富于创造性者。他们在写成一部有价值的作品时，不仅替文艺国库里添上一件瑰宝，也替当时语文的生展打开了一条新路，决定了一个新动向。所以研究一国语文的演变史，如果丢开文学作品的例证，就无法进行。

不过文学作家所能拿来运用的是当时公认的流行的语文，这就是说，他的工具是旁人已经替他造就的，无论它对他合适不合适，他都须用它，他不能凭空地替自己铸造一个崭新的工具。他的使命是创造，而天造地设的局面逼得他要接受传统，要因袭。他须抓住一个已定的起点去前进。这个原则固然适用于他的整个精神生活，在语文方面他尤其感觉得迫切。语文的已成之局固然可以给他很多的方便，他可以在遗产里予取予求，俯拾即是；但是也可以给他很多的不方便，常使他感觉困难。最显著的是固有的语文不够应付新的需要。人类一切活动，自物质的设施、社会的组织以至于心智的运用，都逐渐由粗趋精，由简趋繁。在每一时代写作者都感觉到语文的守旧性，世界变了，而语文还没有迎头赶上；要语文跟着变，还要他来出力。他须把旧字送到铅炉里熔解，他须铸造新字，尤其重要的是他须发明新的排字法。但是最大的困难还不在此。流行的语文像流行的货币，磨得精光，捏得污烂，有时须贬值，有时甚至不能兑现。文学作家须凭借这人人公用的东西，来运用他个人在特殊情境的思想。他稍不当心，就会中了引诱，落到陈腐滥调的陷阱里去，他的语文连同他的思想都停滞到人人所能达到的境界，他所要表现的那特殊情境没有到手就溜走。古今中外的作家能从这种陷阱中爬起来的并不多，爬起来的人才真正是创造者，开辟风气者。从开辟风气者人数寥寥看，我们可以知道语文的创造大非易事。它需要极艰苦的努力，取精光烂污的语文加以一番揉捏洗练，给它一种新形样，新生命，新价值，使它变为自己的可适应特殊情境的工具。文学的创造是思想（抽象的连同具体的）的创造，也就是语文的创造。

语文有普通性，有个别性。普通性来自沿袭传统，个别性起于作者的创造。一个作品的语文有普通性，才能博得读者的了解；有个别性，才能见得作者在艺术上的成就。这原则不但适用于用字造句，还可以适用于体裁与风格。严格地说,每一个作品所要表现的是特殊的,它的语言形式也必是特殊的,否则它就没有存在的理由。一个人云亦云的作品就各方面说,都是精力的浪费。所以每一个名副其实的文学作品必有一个特殊的形式,犹如世间没有两个人模样完全相同。所谓“形式”只有这一个意义经得起哲理的分析——就是一篇完成的作品的与内容不能分开的特殊形式。这形式就是作品的生命的自然流露,水到渠成,不由外铄。

不过一般人谈形式,往往把它看作传统的类型,例如“诗”、“骈文”、“散文”、“戏剧”、“小说”、“书疏”、“墓志铭”之类也被称为形式。其实这是法国人所谓 genres,英国人所谓 kinds,只宜称为“种类”或“体裁”。文学史家和批评家常欢喜采自然科学的方法,将文学作品分类,并且在每类中找出一些共同原则来,想把它们定为规律。这种工作并没有多大价值,美学家克罗齐已再三详辩过。它没有谨严的逻辑性,例如诗分叙事、状物、抒情等,实际上叙事诗有状物抒情的,抒情诗也有叙事状物的。我们只看《文选》、《古文辞类纂》、《经史百家杂钞》之类选本对于文章的分类,互不相同,而且都很勉强,就可以知道把文学作品摆进鸽子笼里去,不是一件合理的事。同属一类型的作品有时差别很大,我们很难找出共同原则来,求其适合一切事例。《红楼梦》、《水浒传》也叫作小说,却与西方一般小说不同;《西厢记》、《燕子笺》也叫作戏剧,却也与西方一般戏剧不同。无论你拿着《红楼梦》的标准看《包法利夫人》,或是拿《罗密欧与朱丽叶》的标准看《西厢记》,你都是扣盘扪烛,认不清太阳。不但如此,你能拿看《红楼梦》的标准看《水浒传》？或是拿《哈姆雷特》的标准看《浮士德》？每一篇成功的作品都有一个内在的标准，也就都自成一类。它采用流行的类型，犹如它采用流行的语言；但是那类型须有新生命，也犹如语言的普通性之外须有个别性。

体裁或种类只是一个空壳。它有历史的渊源，例如戏剧起于宗教仪式的表演，逐渐生展，遂奠定一种文学体裁。作家一方面因为有些已成的范作可模仿，一方面也因为听众容易接受他们所熟悉的类型，于是就利用它来做创作的媒介。旧瓶装新酒自是一种方便，不过我们不能根据瓶来评定酒，更不能武断地说某种酒只有某种瓶可装。我从前也主张过某种体裁只宜于某种内容，“反串”就违背自然。后来我仔细比较同一体裁的许多作品，发现体裁虽同，内容可以千差万别。我们试想想诗中五律七律，词中任何一个调子，在从前经过几多人用过，表现过几多不同的情调，就可以知道体裁与内容并无必然的关系。批评家常责备韩昌黎以作文章的方法去作诗，苏东坡以作诗的方法去作词，说这不是本色当行。这就是过于信任体裁和它的规律。每一个大作家沿用旧体裁，对于它都多少加以变化甚至于破坏。他用迎合风气的方法来改变风气。莎士比亚和易卜生对于戏剧，可以为例。我相信莎士比亚如果生在现代欧洲也许写小说，生在唐代中国也许和李白、杜甫一样写五七言诗。体裁至多像服装一样，服装虽可以供人公用，却可以随时随地变更样式；至于每个作品的形式则如人的容貌，没有两个完全相同的。

每一篇作品有它的与内容不能分开的形式，每一个作者在他的许多作品中，也有与他的个性不能分开的共同特性，这就是“风格”。莎士比亚的四大悲剧的风味各不相同，但是拿他来比较和他同时的悲剧作家，这四大悲剧却有一种共同的特性，是在当时作品中找不着的。这是他的独到的风格。一般修辞学家往往以风格为修辞的结果，专从语文技巧上来分析风格，这种工作本也有它的效用，但是也容易使人迷失风格的真正源泉。历史上许多伟大作者成就了独到的风格，往往并不很关心到风格问题；而特别在修辞技巧上钩心斗角的作者却不一定能成就独到的风格。风格像花草的香味和色泽，自然而然地放射出来。它是生气的洋溢，精灵的焕发，不但不能从旁人抄袭得来，并且不能完全受意志的支配。古今讨论风格的话甚多，只有法国自然科学家布丰所说的最简单而中肯：“风格即人格。”一个作者的人格决定了他的思想情感的动向，也就决定了他的文学的风格。弥尔顿说得好：“谁想做一个诗人，他必须自己是一首真正的诗。”“言为心声”，要看“言”如何，须先看“心”如何，从前人所以有“和顺积中，英华外发”的话。司空图的《诗品》是中国批评文中最精妙的，他所要描绘的是诗品（诗的风格），而他实际所描绘的大半是人品。人格与风格的密切关联证实了一个基本原则，就是文学不能脱离人生而独立。我们要想在文学上有成就，从源头做起必须修养品格。我们并非希望文学作家都变成道学家，我们所着重的是他必须有丰富的精神生活。有生气然后有生气的洋溢。

抓住了这个基本原则，其他关于风格的争辩全属枝节问题。历来讨论风格者都着重字的选择与安排。斯威夫特（Swift）说：风格是“用适当的字在适当的地位”（the use of proper words in proper places）。柯尔律治（Coleridge）论诗，说它是“最好的字在最好的次第”（the best words in their best order）。福楼拜（Flaubert）是近代最讲究风格的作家，也是在“正确的字”（le juste mot）上做功夫。他以为一句话只有一个最恰当的说法，一个字的更动就可以影响全局，所以常不惜花几个钟头去找一个恰当的字，或是斟酌一个逗点的位置。这些都是有经验的作家，他们都特别看重选字排字的重要，当然有一番大道至理。在我们看，他们在表面上重视用字的推敲，在骨子里仍是重视思想的谨严。唯有谨严，思想情感才能正确地凝定于语文，人格才能正确地流露于风格。

作家第一件应当心的是对于他自己的忠实。一句话恰好表现了他自己的思想情感，照理他就应该感觉满意。不过通常作家的顾虑，不仅在一句话是否恰好表现了他自己，同时也在它是否能说服或感动读者。因此，语文有两重功用：一是表现，一是感动。理想的文学作品是它的语文有了表现力就有了感动力，不在表现之外另求所谓“效果”（effect）。不过这究竟是理想，满作家自己意的作品往往不尽能满读者意。在这种时会，缺陷有时在作品本身，也有时在读者的欣赏力。如果它在读者的欣赏力，它可以借教育弥补。一个作家最难的事往往不在创造作品，而在创造欣赏那种作品的趣味。这就是所谓“开风气之先”。如果缺陷在作品本身，根本的救济仍在思想情感的深厚化，而不在语文的铺张炫耀。但是平庸的作家往往不懂得这简单的道理，以为文学只是雕章琢句就可以了事，于是“修辞学”成为一种专门学问，而文学与雄辩混为一谈。从文学史看，文学到了专在修辞家所谓“辞藻”上显雕虫小技时，往往也就到了它的颓废时期。文学与雄辩的分别，穆勒（J. S. Mill）说得最好：“雄辩是使人听见的（heard），诗是无意中被人听见的（overheard）。当言说非自身就是目的而是达到一种目的之手段时……当情感的表现带着有意要在旁人心上产生一个印象时，那就不复是诗而变为雄辩了。”穆勒虽专指诗，其实凡是纯文学都与诗一理。雄辩意在炫耀，文学须发于真心，心里有那样的话非那样说出不可，一炫耀就是装点门面，出空头支票。所以诗人魏尔兰在《论诗》的诗里大声疾呼：“抓住雄辩，扭断它的颈项！”

一个作家有一个作家的风格，一时代或一学派也带有它的特殊风格。在欧洲，“古典的”、“浪漫的”、“写实的”是几种重要的不同的作风；在中国，文则六朝与唐宋，诗则选体与唐，唐与宋，词则花间与北宋，北宋与南宋，各有各的特殊风味。这种分别固然有一部分是实在的，它的根源在脾胃和眼光的不同；但是也有一部分是由文学史家和批评家夸张出来的，真正完美的文学都必合于一些基本的条件，纯粹是“古典的”或纯粹是“浪漫的”作家往往不是第一流作家。一种风格流行到相当时期以后，有时容易由呆板而僵硬腐朽，穷则必变，于是一个反动跟着来，另一种风格代起。但是过些时候，这种新风格又变成旧的，引起另一个反动，有时打开另一新径，也有时回转到曾经一度放弃的旧径，这种“趣味的旋转”是文学演进的自然现象。但是虚心静气的读者和作者当不为一时风气所囿，知道每一种风气中都可以有好作品，承认它们的不同，但是不必强分优劣。

这个原则可以应用到关于风格的另一些区别。中国批评家常欢喜谈阳刚与阴柔、浓丽与清淡、朴直与委婉、艰深与平易之类分别，而且各阿其所好，喜清淡就骂浓丽，喜浓丽就瞧不起清淡。西方批评家也有同样的脾气。这些分别有时起于作者的个性，是苏东坡那样的人，就会持铜琶铁板，唱“大江东去”；是柳耆卿那样的人，就会执红牙板，歌“杨柳岸晓风残月”；也有时起于所写情境的分别，王摩诘写田园山林之乐固然清淡，写宫殿的排场还是很浓丽。这都是自然而然，不假做作的。如果与作者个性相称，与题材内容相称，各种不同的风格都可以有好文章。最忌讳的是情思枯涩而要装浓丽，情思平庸而要显得艰深，性格偏于阴柔而要张牙露爪地卖弄阳刚。说来说去，还是回到我们对于表现的基本主张，思想必须与语文同一，人格必须与风格同一。这就是《易经》所说的“修辞立其诚”。

文学与语文(下)：文言、白话与欧化

摆在我面前的是一本新出版的刊物，里面劈头一篇就是一位大学中文系主任的《中国文学系之精神》的文章。他郑重申明“本系之精神，力矫流俗，以古为则”。他很痛心疾首地骂“无识之徒，倡导白话，竞煽小调，共赏伧言，谓合自然，呼为天籁”；同时又骂“诡异之徒，轻议旧业，谓为陈腐，以西体为提倡，创造为号召”。他反对白话的理由是“语言之与文学本有区分，俗曲之与雅奏岂能并论！……文学自有艺术之高下，岂村童野老之所能工？且自然与白话有殊，古典非故实之谓。……自然须自艰苦中来，非白话之能期，而古典为经世之必需，尤非可以邪说抹杀”；至于西体不应提倡，是因为：“文学有语言文字之殊，文法声韵之异，是有国别，岂可强同？……文字创造乃自然之演进，必以旧业为基，岂可斩绝历史，刮灭前言，而以异邦异物，强相改易？”

这篇文章很可以代表许多维护国学者对于近年来白话运动和欧化运动的反响。我认识的朋友中持这种“以古为则”的态度的人颇不少，而且他们不尽是老年人，我知道上面所引的文章的作者比我较年轻，因为我和他曾有一面之雅。我很明白他们这一批人的立场，也很同情他们的诚恳；可是我碰巧站在“无识之徒”与“诡异之徒”一边，对于他们的见地不能心悦诚服。一般人似以为新旧之争已成过去，不肯再提这老问题，上引一文可以证明它并未完全过去。本来事实胜于雄辩，无论站在旧的或新的一边，最有力的武器是作品；到最后哪一派能产生最有生命的作品，哪一派就会胜利。不过不正确的思想和理论也可以迷惑视听，用人工的歪曲阻碍自然的进展；所以关于新旧之争，在思想与理论上多加检讨，还是有益的。

这问题还与我们所讨论的文学与语文的关系密切相关。它是目前最切实际的一个问题。在讨论它以前，我须向“以古为则”者申明，我从识字到现在，四十年不间断地在读旧书，从前也作过十几年的古文，我爱护中国旧诗文的热忱也许不在他们之下，可是我也常在读新文学作品，作过二十年左右的白话文；我的职业是教外国文，天天都注意到中文和西文的同异。我也经过骂“无识之徒”与“诡异之徒”那么一个阶段，现在觉得“无识”与“诡异”的不是旁人而是当年的自己。事非经过不知难，我希望“登泰山而小天下”的诸公多登一些高峰，然后再做高低大小的比较。成见、固执和意气永远是真理的仇敌。

先说文言与白话。“文学自有艺术之高下”，谁也不否认，不过“艺术之高下”以用文言与用白话做标准来定，似大有问题。无论用哪一种语文做媒介，是文学作品就得要符合文学的基本条件：有话说，说得好。这两层都需要思想的锐敏与谨严，都颇不是易事，用文言或用白话都不能天生地减去思想上的困难。思想的工作做到家，文言文可以作得好，白话文也还可以作得好。“自然须从艰苦中来”，白话文作者也是如此想；“非白话之能期”，这句话就不像“从艰苦中来”的。文言文所能有的毛病，白话文都能有；白话文所能有的毛病，文言也在所不免。肤浅、俗滥、空洞、晦涩、流滑，都不是哪一方面的专利品。如果说文言文比白话文简洁，我大致可承认；但这也看作者的能力，白话文也还是可以简洁。比如说，上文所引的“以西体为提倡”一句话，用白话来说，“提倡西体”就很够，用不着“以……为”。“以西体为提倡”读起来像很顺口，但是想起来似不如“以古为则”那样合逻辑。文言有时可以掩盖文章的毛病，这是一个眼前的例证。如果不为篇幅所限，这种例证我可以举得很多。

从语文的观点看，文言文与白话的分别也只是比较的而不是绝对的。活的语文常在生长，常在部分地新陈代谢。在任何一个时期，每一种活的语文必有一部分是新生的，也必有一部分是旧有的。如果全是旧有的，它就已到了衰死期；如果全是新生的，它与过去语文就脱了节，彼此了不相干。我们中国语文虽然变得很慢，却也还是活的，生长的，继续一贯的。这就是说，白话也还是从文言变来的，文言与白话并非两种截然不同的语文。不但许氏《说文》里面的字有许多到现在还在口头流传，就是《论语》、《孟子》、《左传》、《史记》一类古典的字句组织法也还有许多是白话所常用的。我们如果硬要把文言奉为天尊，白话看成大逆不道，那就无异于替母亲立贞节牌坊，斥她的儿子为私生子，不让他上家谱。

白话的定义容易下，它就是现在人在口头说的语文；文言的定义却不易下，如果它指古语，指哪一时代的古语呢？所谓“用文言作文”只有三个可能的意义。一是专用过去某一时代的语文，学周秦人说话，或是学两汉人说话。这是古文家们所提倡的。这种办法没有很充足的理由，从前似已有人反对过，并不限于现在“无识之徒”。而事实上这也未必真正可以办到。比如先秦诸子在同时代写文章，所用的语文却往往彼此相差很远。我们以哪一家为标准呢？第二种办法是杂烩过去各时代的语文，任意选字，任意采用字句组织法。比如在同一篇文章里，这句学《论语》，那句学《楚辞》，另一句学《史记》，另一句又学归震川；只要是字，无论它流行于哪一个时代，都一律采用。多数文言文作者口里尽管只说周秦两汉，实际上都是用这个“一炉而治之”的办法。这种办法的长处在丰富，短处在驳杂芜乱，就在讲古文义法的人们看来，也未必是正路。第三种办法是用浅近文言。所谓“浅近文言”是当代人易于了解的文言，一方面冷僻古字不用，奇奥的古语组织法不用；一方面也避免太俚俗的字和太俚俗的口语组织法。以往无心执古而自成大家的作者大半走这条路，我想孟子、左丘明、司马迁、王充、陶潜、白居易、欧阳修、王安石、苏轼一班人都是显著的代表。看这些人的作品，我们可以看出两点：第一，他们的语文跟着时代变迁，不悬某一代“古文”做标准，泥古不化；第二，他们的原则与白话文的原则大致相近，就是要求语文有亲切生动的表现力与平易近人的传达力，作者写起来畅快，读者读起来也畅快。

好的白话文比起似六朝而非六朝，似唐宋而非唐宋的文言文，好处就在这两点。第一，就作者自己说，语文与思想，语文与实际生活经验，都有密切的关联。在实际生活中，他遇着不开心的事，“哎”地叹一口气，心里想着这声叹息还是想着“哎”，传达这情感于语文时也还是写“哎”，这多么直截了当！你本想着“哎”，而偏经一道翻译手续，把它写成“呜呼”甚至于“於戏”，这又何苦来？古人在用“呜呼”、“於戏”时，还是和我们现在用“哎”一样叹气，古人可以用“呜呼”、“於戏”，我们何以一定不可以用“哎”？这还是小事，最要紧的是现时名谓字与拿来代替的古代名谓字所指的常不完全相同。东南大学只是东南大学，你要叫它“南雝”；行政专员只是行政专员，你要叫他“太守”或“刺史”。这不但不自然，而且也不忠实。“以古为则”者似没有理会“修辞立其诚”一句古训。

其次就读者说，流行的语文对于他比较亲切，你说“呜呼”，他很冷淡地抽象地想这两字的意义；你说“哎”，这声音马上就钻进他的耳朵，钻进他的心窝，使他联想起自己在说“哎”时的那种神情。读白话文，他仿佛与作者有对谈之乐，彼此毫无隔阂；读文言文，尤其读现代人的文言文，他总不免像看演旧戏，须把自己在想象中搬到另一种世界里去，与现实世界隔着一层。还不仅此，读文言文须先有长时期的辛苦训练，才能彻底了解。这种训练原来是有益的，不过我们不能希望一般读者都有。一般读者知道东南大学是东南大学，不知道所谓“南雝”，并没有多大妨碍；你偏要他因为不知道“南廱”就不知道东南大学，以为非如此不足以“挽救颓风”，这就未免执古不化了。

作白话文是一件事，读古典另是一件事。现在一班“以古为则”者以为既提倡白话文就必须废弃古典，这其实是过虑。就逻辑说，这两件事中间并无必然关系。就事实说，作白话文的人们谈古典的还是很多，施耐庵、曹雪芹、吴敬梓们没有读过古典？朱元晦、王阳明一班语录的作者没有读过古典？就西方各国来说，每一个时代的作者都只用当时流行的语文，可是没有一个很重要的作者不研究前代的名著。原因很简单，他们要利用前人在数千百年中所逐渐积蓄的经验，要承继历史的遗产。文学与语文都有长久的历史，前人已得的成就是后人前进的出发点。后人对于前人的传统不是因袭，就是改革。无论是因袭或是改革，都必须对于传统有正确的了解。我们尽管作白话文，仍须认清文言文的传统，知道它的优点和弱点，才知道哪些地方可因袭，哪些地方可改革。现代语文是由过去语文蜕化出来，所以了解文言文对于运用白话还是有极大的帮助。丢开技巧不说，单说字汇。拿文盲和读书人比较，读书人的字汇无疑地较为丰富。在文盲听起来莫知所云的，在读书人却是寻常口语。超出于文盲所有的那部分字汇当然从书本上得来。各国语文都常有古字复活的现象。这复活往往由文章逐渐蔓延到口语。在今日中国，复活古字尤其紧要，因为通常口语字汇过于贫乏，把一部分用得着的古字复活起来，一方面可以增加白话文的表现力，一方面也可以使文言与白话的距离变小，文章读起来不太难，通常说话也不太粗俗不精确。单就扩充字汇来说，研究文言文的古典，确是写作家应有的准备。我们只略取现在人写的较好的白话文来做一个分析，就知道古字复活正在大量地进行，也就知道白话文仍然可以承继一部分文言文的遗产，历史的赓续性并不致因为放弃文言就被打断。

“以古为则”者看不起白话文，以为它天生是下贱的，和乡下佬说的话一样粗俗，他们以为用文言才能“雅”。这种误解一半起于他们的固执，不肯虚心研究白话文；一半也起于初期提倡白话文者的“作文如说话”这句带有语病的口号。我们尽管用白话，作文并不完全如说话。说话时信口开河，思想和语文都比较粗疏；写作时有斟酌的时间，思想和语文都比较缜密。在这两方面可以见出。头一点是用字，说话用的字比较有限，作文用的字比较丰富。无论在哪一国，没有人要翻字典去谈话，可是作文和读文却有时要翻字典。作文思想谨慎些，所以用字也比较谨慎些。一篇寻常对话，如果照实记录下来，必定有很多不精确的字。其次是语句组织。通常谈话不必句句讲文法，句句注意到声音节奏，反正临时对方可以勉强懂得就够了。至于作文，我们对于文法及声调不能不随时留意。所以“写的语文”（written language）和“说的语文”（spoken language）在各国都不能完全一致。“写的语文”不一定就是文言，例如现在西方作家尽管研究但丁、乔叟、蒙田、莎士比亚诸古代作者，写作时并不用这些作者所用的语文（可以说是西方的文言），这一点是拥护古文者所忽略的。至于雅俗并不在文之古今，《诗经》、《楚辞》在当时大体是白话，想来在当时也还可以算得“雅”，何以现在人用白话写诗文，就一定要“俗”呢？依我想，“雅”只能作为艺术的或“精美纯正的”解，这并不在字本身的漂亮，而在它与情感思想的吻合。如果把“雅”看成涂脂敷粉，假装门面，那就根本没有了解文艺。我颇有一点疑心许多固执把白话看成“不雅”的“文坛耆宿”对于文艺的趣味并不很高。

我们承认白话在目前还不是一个尽美尽善的工具，它还须加以扩充和精练。这只有两个方法，一是上文所说的接受用得着的文言文遗产，一是欧化。提起欧化，“以古为则”者听到，怕比听到白话还更痛心疾首。其实管你高兴不高兴，白话文久已在接受欧化，和它久已在接受文言文的遗产，同是铁一般的事实。这事实有它的存在理由，是自然演变所必经过的，决不会被你泼妇骂街似的骂它“鄙薄”、“夸诞”、“诡异”、“悖谬”，就可以把它压倒的。关于欧化问题可说的话甚多，我姑且提出几点来，供虚心人衡量思索。

第一，语文和思想不能分开。思想的方式和内容变迁，语文就必跟着变迁，除非你绝对拒绝西方学术，要不然，你无法不酌量接受西方语文的特殊组织。你不能用先秦诸子的语文去“想”康德或怀特海的思想，自然也就不能用那种语文去“表现”他们的思想。如果你用很道地的中国语文翻译他们的著作，你的译文读起来愈是好中文，很可能就愈不忠实。这道理佛经的翻译大师都知道，所以他们宁可冒“诡异”大不韪，尽量让中文印度化，不愿失去佛经原来的意义与风味。西文有根底的人们都知道林琴南翻译的小说尽管是“古道照颜”的中文，所得到的仅是粗枝大叶，原文的微妙处都不复存在。这虽然只是说翻译，也可以适用于写作。我们既然接受西方的哲学和文学，能不在上面体验玩索？能不采同样的思想方式去想出自己的哲学系统？能不采同样的看人生世相的眼光去创造自己的文学作品？如果这些都不是分外的事，我们必定有意地或无意地使我们的语文多少受些欧化。

第二，文化交流是交通畅达的自然结果。人类心灵活动所遵循的理本来不能有很大的差别，《易经》所以有东圣西圣心同理同的名言。但是因为有地理上的阻隔，每个民族各囿于一个区域发展它的文化；又因为历史和自然环境的关系，每个文化倾向某方面发展，具有它所特有的个性，逐渐与其他文化不同。不同的文化如果不相接触，自然不能互相影响；如果相接触，则模仿出于人类的天性，彼此截长补短往往是不期然而然的。就人类全体说，这种文化交流是值得提倡的，它可以除去各民族都难免的偏蔽，逐渐促成文化上的大同。一个民族接受其他民族的文化犹如吸收滋养料，可以使自己的文化更加丰富。这里我们大可不必听短见的狭义的国家主义作祟。“相观而善之谓摩”，这是我们先圣对于个人交友的看法，它也可以推广到整个民族。“见贤思齐”原来不是一件羞耻，我不了解“文坛耆宿”何以必定把接受欧化当作一件奇耻大辱。单就文学与语文来说，欧洲各国从有文学史以来，就互相影响。最显著的是英文，于今英文所保留的盎格鲁—撒克逊的成分极少，大部分都是从希腊、拉丁、北欧语和法文

“借”来的。从十四世纪起，英国文学和语文几乎没有一时不受法国的影响。因为英文肯虚心采纳外来的成分，它才变成了世界上一种最丰富的语文。为什么我们就觉得欧化是“腾笑友邦，毒虐国家”呢？难道我们忘记以往翻译佛典的那一大宗公案？“如是我闻”，“合掌恭敬而白佛言”，“当知，阿难，诸如来身即是法身”，“日镜相远，非和非合，不应火光，无从自有”，“以积聚义故，说名为蕴”，“所有一切众生之类，若卵生，若胎生，若湿生，若化生，若有色，若无色，若有想，若无想，若非有想，非无想，我皆令入无余涅槃而灭度之”……这些语句的组织，如果稍加分析，都是由欧化来的（因为印度文仍属印度欧罗巴系）。何以古人接受欧化可成经典，我们主张接受欧化，就是大逆不道？

所谓欧化，当然不仅指语文，体裁和技巧也应当包含在内。有了《佛本行赞》和《唐三藏游西域记》那样长篇传记并游记的模范，我想不出理由我们一定要学司马迁和柳宗元。元曲固然有它的优点，要在近代舞台上演，写莎士比亚、易卜生、契诃夫那种样式的剧本，似也未见得就损失尊严。我们不必从西方小说的观点去轻视《水浒传》或《红楼梦》，但是现代中国作家采用西方技巧所写的小说似也有相当的成绩。此外，说理的文章如果能采用柏拉图《对话集》那样深入浅出，亲切有趣的方式，或是康德《纯粹理性批判》那样有系统有条理的方式，似也不一定就要比“论说”、“语录”体逊色。我颇怀疑刘彦和如果不精通佛理，能否写出那样颇有科学系统组织的《文心雕龙》。对于这些问题我不敢武断，我希望“文坛耆宿”不必持

“拒人于千里之外”的态度，把它们加一番虚心检讨。

第三，中国语文的优点很多，我们不必否认，但是拿欧洲语文来仔细比较，它有不少的弱点，我们似亦毋庸讳言。举几个最显著的来说。动词自身不能表示时间性，虽然有“曾”、“已”、“正”、“将”之类副词可用，普通人写作却不常拿来用，所以要明白动作的时间先后次第，我们常须依文义猜测。文法本由习惯形成，在语文是文法，在思想就是逻辑。我们多数人的思想都缺乏谨严的逻辑，所以用语文很少注意文法的习惯，一句话有时没有主词，有时没有主要动词。主动词和被动词有时在形式上可以无分别。最重要的是关系代名词和关系连续词的缺乏，因此写复合句颇不容易，西文所有的紧凑的有机组织和伸缩自如的节奏在中文中颇难做到。我们很少用插句的习惯，在一句话之中有一个次要的意思临时发生，或是须保留某一个条件，或是须做一个轻淡的旁敲侧击，我们很不容易顺着思想的自然程序与轻重分寸把它摆进那一句话里；要把它说出，只好另来一句。这个欠缺使语文减少弹性和浓淡阴影。只知道中文而不知道西文的人们自然不会感觉到这些欠缺不方便，知道西文而没有做翻译工作的人或许也不感觉到它们的严重，但是忠实的翻译者都会明白我说这番话的甘苦。各国语文习惯本各不相同，我们固然不能拿西文文法来衡量中文，但是上述几种欠缺不全是习惯问题而是思想的谨严与松懈问题。如果我们能了解西文在这几方面确比中文好，我们似没有理由说中文不应把好的地方接受过来。

根据上面三层理由，我以为久已在进行的欧化运动是必须继续进行的。这不是一件易事，我明白；它可以弄得很糟，我也不否认。采用欧化的作者有两点须特别留意。头一点是不要生吞活剥。各国语文都有它的特性（法国人所谓 génie），我们在大体上不能违反它。如果一句话依中文习惯可以说得同样精确有力，我们就绝对不能欧化它；欧化须在表现上有绝对必要时才可采用。第二点是不要躁进偾事。语文是逐渐生长的，我们不能希望一个重大的变动一蹴而就。一个作者的语文如果欧化到一般读者不易了解接受的程度，那反引起不必要的麻烦。群众需要按部就班的训练。这一代所认为欧化的，下一代就习惯成自然；这一代欧化得轻微一点，下一代欧化得彻底一点，如此逐渐下去，到适可程度为止，也许可以免除许多固执者的少见多怪。照我看，这是自然的大势所趋。

作者与读者

作者心目中应不应该有读者呢？他对于读者应该持怎样一种态度呢？初看起来,这问题好像不值得一问,但实在是文学理论中一个极重要的问题。文艺还只是表现作者自己就算了事,还是要读者从这表现中得到作者所要表现的情感思想？作者与读者的资禀经验和趣味决难完全一致,作者所自认为满意的是否叫读者也就能同样地满意？文艺有无社会性？与时代环境有无关系？每时代的特殊的文艺风气如何养成？在文艺史上因袭和反抗两种大势力如何演变？文艺作品何以有些成功,有些失败,有时先成功的后失败,先失败的后成功？这种种问题实在都跟着作者与读者的关系究应如何这个基本问题旋转。

我从前在《论小品文》一封公开信里曾经主张道:“最上乘的文章是自言自语”,它“包含大部分纯文学,它自然也有听众,但是作者的用意第一是要发泄自己心中所不能不发泄的。这就是劳伦斯所说的‘为我自己而艺术’”。于今回想,这话颇有语病。当时我还是克罗齐的忠实信徒。据他说，艺术即表现，表现即直觉，直觉即情感与意象相交而产生具体形式的那一种单纯的心灵综合作用。所以艺术的创造完全在心里孕育，在心里完成。至于把心里所已完成的艺术作品用文字符号记载下来，留一个永久固定的痕迹，可以防备自己遗忘，或是传给旁人看，这只是“物理的事实”，犹如把乐歌灌音到留声机片上，不能算是艺术的活动，备忘或是准备感动旁人，都有实用目的，所以传达（即以文字符号记载心里所成就的形象）只是实用的活动。就艺术家之为艺术家而言，他在心中直觉到一种具体意象恰能表现所要表现的情感，他就已完全尽了他的职责。如果他不止于此，还要再进一步为自己或读者谋便利，把自己所独到的境界形诸人人可共睹的文字，他就已放弃艺术家的身份而变为实用人了。这第二步活动尽管如何重要，却不能与艺术的创造相混。严格地说，真正的艺术家都是自言自语者。

这一套理论是上引一段话中“最上乘的文章是自言自语”一句话所由来。克罗齐的学说本有它的谨严的逻辑性，纯从逻辑抽象分析，颇不容易推翻。不过这种看法显然和我们的常识违反。它向常识挑衅，常识也就要向它挑衅。这两个敌阵在我心中支持过很长期的争斗。克罗齐所说的艺术人与实用人在理论上虽可划分，在实际上是否截然两事互不相谋呢？艺术家在创作之际是否完全不受实用目的影响呢？假如偶然也受实用目的影响，那影响对于艺术是否绝对有损呢？假如艺术家止于直觉形象与自言自语而不传达其心中蕴蓄，艺术的作用就止于他自身，世间许多有形迹可求的艺术作品是否都是枝指骈拇呢？这些问题常在我心中盘旋。于是我在事实中求解答，我发现常识固然不可轻信，也不可轻易抹杀。每时代的作者大半接受当时所最盛行的体裁。史诗、悲剧、小说、五七言诗和词曲，都各有它的特盛时代。作者一方面固然因为耳濡目染，相习成风，一方面也因为流行体裁易于为读者接受和了解。荷马和莎士比亚之类大家如果不存心要得到当时人玩赏，是否要费心力去完成他们伟大的作品，我以为大是问题。近代作者几乎以写作为职业，先存一个念头要产生作品，而后才去找灵感，造成艺术的心境，所谓“由文生情”，正不少于“因情生文”。创造一件作品，藏在心中专供自己欣赏，和创造一件作品，传达出来求他人欣赏，这两种心境大不相同。如果有求他人欣赏的“实用目的”，这实用目的决不能不影响到艺术创作本身上去。姑举一例，小说、戏剧常布疑阵，突出惊人之笔（英文所谓 suspense and surprise），作者自己对于全局一目了然，本无须有此，他所以出此，大半为着要在读者心中产生所希望的效果。由此类推，文艺上许多技巧，都是为打动读者而设。

从这个观点看，用文字传达出来的文艺作品没有完全是“自言自语”的。它们在表面上尽管有时像是向虚空说话，实际上都在对着读者说话，希望读者和作者自己同样受某一种情趣感动，或是悦服某一点真理。这种希冀克罗齐称之为“实用目的”。它尽管不纯粹是艺术的，艺术却多少要受它的影响，因为艺术创造的心灵活动不能不顾到感动和说服的力量，感动和说服的力量强大也是构成艺术完美的重要成分。

感动和说服的希冀起于人类最原始而普遍的同情心。人与人之间，有交感共鸣的需要。每个人都不肯将自己囚在小我牢笼里，和四周同类有墙壁隔阂着，忧喜不相闻问。他感觉这是苦闷，于是有语言，于是有艺术。艺术和语言根本是一回事，都是人类心灵交通的工具，它们的原动力都是社会的本能。世间也许有不立文字的释迦，不制乐谱的贝多芬，或是不写作品的杜甫，只在心里私自欣赏所蕴蓄的崇高幽美的境界，或私自庆幸自己的伟大，我们也只能把他们归在自私的怪物或心理有变态者一类，和我们所谈的文艺不起因缘。我们所谈的文艺必有作品可凭，而它的作者必极富于同情心，要在人与人之中造成情感思想的交流汇通，伸张小我为大我，或则泯没小我于大我，使人群成为一体。艺术的价值之伟大，分别地说，在使各个人于某一时会心中有可欣赏的完美境界；综合地说，在使个人心中的可欣赏的完美境界浸润到无数同群者的心里去，使人类彼此中间超过时空的限制而有心心相印之乐。托尔斯泰说："艺术是一种'人性活动'，它的要义只是一个人有意地用具体的符号，把自己所曾经历的情感传给旁人，旁人受这些情感的传染，也起同感。"因此，他以为艺术的功用，在打破界限隔阂，"巩固人和人以及人和上帝的和合"。克罗齐派美学家偏重直觉，把艺术家看成"自言自语者"，就只看到艺术对于个人的意义与价值；托尔斯泰着重情感的传染，把艺术家看成人类心灵的胶漆，才算看到艺术对于人群的意义与价值。两说本可并行不悖，合并起来，才没有偏蔽。总之，艺术家在直觉形象时，独乐其乐；在以符号传达所直觉之形象时，与人同乐。由第一步活动到第二步活动，由独赏直觉到外现直觉以与人共赏，其中间不容发，有电流水泻不能自止之势。如将两步活动截然划开，说前者属于“艺术人”，后者属于“实用人”，前后了不相涉，似不但浅视艺术，而且把人看得太像机械了。实际上艺术家对于直觉与传达，容或各有偏重（由于心理类型有内倾外倾之别）；但止于直觉而不传达，或存心传达而直觉不受影响，在我看来，都像与事实不很符合。

艺术就是一种语言，语言有说者就必有听者，而说者之所以要说，就存心要得到人听。作者之于读者，正如说者之于听者，要话说得中听，眼睛不得不望着听众。说的目的本在于作者读者之中成立一种情感思想上的交流默契；这目的能否达到，就看作者之所给予是否为读者之所能接受或所愿接受。写作的成功与失败一方面固然要看所传达的情感思想本身的价值，一方面也要看传达技巧的好坏。传达技巧的好坏大半要靠作者对于读者所取的态度是否适宜。

这态度可以分为不视、仰视、俯视、平视四种。不视即目中无读者。这种态度可以产生最坏的作品，也可以产生最好的作品。一般空洞议论，陈腐讲章，枯燥叙述之类作品属于前一种。在这种作品中，作者向虚空说话，我们反复寻求，找不出主人的性格，嚼不出言语的滋味，得不着一点心灵默契的乐趣。他看不见我们，我们也看不见他，我们对面的只是一个空心大老倌！他不但目中无读者，根本就无目可视。碰到这种作者，是读者的厄运。另有一种作品，作者尽管不挺身现在我们面前，他尽管目中不像看见有我们的存在，只像在自言自语，而却不失其为最上乘作品。莎士比亚是最显著的例。他写戏剧，固然仍是眼睛望着当时戏院顾主，可是在他的剧本中，我们只看见形形色色的人物活现在眼前，而不容易抓住莎士比亚自己。他的嬉笑怒骂像是从虚空来的，也是像朝虚空发的。他似无意要专向某一时代、某一国籍或某一类型的人说话，而任何时代、任何国籍、任何类型的读者都可以在他的作品中各见到一种天地，尝到一种滋味。他能使雅俗共赏，他的深广伟大也就在此。像他这一类作者，我们与其说他们不现某一片面的性格，毋宁说他们有多方的丰富的性格；与其说他们“不视”，不如说他们“普视”。他们在看我们每一个人，我们却不容易看见他们。

普视是最难的事。如果没有深广的心灵，光辉不能四达，普视就流于不视。普视是不朽者所特有的本领，我们凡人须择一个固定的观点，取一个容易捉摸的态度。文书吏办公文，常分“下行上”、“上行下”、“平行”三种。作者对于读者也可以取三种态度，或仰视，或俯视，或平视。仰视如上奏疏，俯视如颁诏谕，平视则如亲友通信叙家常，道衷曲。曾国藩在《经史百家杂钞》的序例里仿佛曾经指出同样的分别。我们所指的倒不限于在选本上所常分开的这几种体类，而是写任何体类作品时作者对于读者所存的态度。作者视读者或是比自己高一层，或是比自己低一层，或是和自己平行，这几种态度各有适合的时机，也各随作者艺术本领而见成败，我们不能抽象地概括地对于某一种有所偏袒。犹太人的《旧约》是最好的例证。《颂诗》颂扬上帝，祷祝上帝，捧着一片虔敬的丹心，向神明呈献，是取仰视的态度。《先知书》是先知者对于民众的预言和谆谆告诫,是取俯视的态度。其他叙述史事诸书只像一个人向他的同胞谈论往事,是取平视的态度。它们在文艺上各臻胜境。仰视必有尊敬的心情,俯视必有爱护的心情,平视必有亲密的心情,出乎至诚,都能感动。

在仰视、俯视、平视之中,我比较赞成平视。仰视难免阿谀逢迎。一个作者存心取悦于读者,本是他的分内事,不过他有他的身份和艺术的良心,如果他将就读者的错误的见解,低级的趣味,以佞嬖俳优的身份打诨呐喊,猎取世俗的炫耀,仰视就成为对于艺术的侮辱。一个作者存心开导读者,也本是他的分内事,不过他不能有骄矜气,如果他把自己高举在讲台上,把台下人都看成蒙昧无知,盛气凌人地呵责他们,讥笑他们,教训他们,像教蒙童似的解释这样那样,俯视就成为对于读者的侮辱。世间人一半欢喜人捧,另一半欢喜人踩,所以这两种态度常很容易获得世俗上的成功。但是从艺术观点看,我们对这种仰视与俯视都必须深恶痛疾。因此,我不欢喜×××先生(让问心有愧的作者们填进他们自己的姓名),也不欢喜萧伯纳。

我赞成平视,因为这是人与人中间所应有的友谊的态度。“酒逢知己饮,诗向会人吟”。我们心中有极切己的忧喜,极不可为俗人言的秘密,隐藏着是痛苦,于是找知心的朋友去倾泻,我们肯向一个人说心事话,就看得起他这位朋友,知道在他那方面可以得到了解与同情。文艺所要表现的正是这种不得不言而又不易为俗人言的秘密。你拿它向读者吐露时,就已经假定他是可与言的契友。你拿哀乐和他分享，你同情他，而且也希望得到同情的回报。你这种假定，这种希望，是根据“人同此心，心同此理”这个基本原则。你传达你的情感思想，是要在许多“同此心”的人们中取得“同此理”的印证。这印证有如回响震荡，产生了读者的喜悦，也增加了作者的喜悦。这种心灵感通之中不容有骄矜，也不容有虚伪的谦逊，彼此须平面相视，赤心相对，不装腔作势，也不吞吐含混，这样人与人可以结成真挚的友谊，作者与读者也可以成立最理想的默契。凡是第一流作家，从古代史诗悲剧作者到近代小说家，从庄周、屈原、杜甫到施耐庵、曹雪芹，对于他们的读者大半都持这种平易近人的态度。我们读他们的作品，虽然觉得他们高出我们不知若干倍，同时也觉得他们诚恳亲切，听得见他们的声音，窥得透他们的心曲，使我们很快乐地发现我们的渺小的心灵和伟大的心灵也有共通之点。“尚友古人”的乐趣就在此。

诚恳亲切是人与人相交接的无上美德，也是作者对于读者的最好的态度，文化愈进，人与人的交接不免有些虚伪节仪，连写作也有所谓“礼貌”。这在西文中最易见出。记得我初从一位英国教师学作文时，他叮咛嘱咐我极力避免第一人称代名词。分明是“我”想“我”说，讲一点礼貌，就须写“我们想”、“我们说”。英、德、法文中单数“你”都只能用于最亲密的人，对泛泛之交本是指“你”时却须说“你们”。事实上是我请你吃饭，正式下请帖却须用第三人称。“某某先生请某某先生予以同餐的荣幸”。有时甚至连有专指的第三人称都不肯用，在英、法文中都有非你非我非他而可以用来指你指我指他的代名词(英文的one,法文的on)。在这些语文习惯琐例中,我们可以看出人们有意要在作者与读者(或说者与听者)之中辟出所谓“尊敬的距离”,说“你”和“我”未免太显得亲密,太固定,说“你们”和“我们”既客气又有闪避的余地。说“张某李某”未免无忌惮,说实虽专指而貌似泛指的one或on,那就沾染不到你或我了。一般著作本都是作者向读者说话,而作者却装着向虚空说话,自己也不肯露面,也正犹如上举诸例同是有“客气”作祟。这种客气我认为不仅是虚伪,而且是愚笨,它扩大作者与读者的距离,就减小作品的力量。我欢喜一部作品中,作者肯说自己是“我”,读者是“你”,两方促膝谈心,亲密到法国人所说的entre nous(“在咱俩中间”,意谓只可对你说不可对旁人说)的程度。

文艺的语言同是社会交接的工具,所以说文艺有社会性,如同说人是动物一样,只是说出一个极平凡的真理。但是我们虽着重文艺的社会性,却与一般从社会学观点谈文艺者所主张的不同。在他们看,政治经济种种社会势力对于文艺倾向有决定的力量;在我们看,这些势力虽可为文艺风气转变的助因,而它的主因仍在作者对于读者的顾虑。各时代、各派别的文艺风气不同,因为读者的程度和趣味不同。汉人的典丽的词赋,六朝人的清新的骈俪文,唐宋人的平正通达的古文,多少都由于当时读者特别爱好那种味道,才特别发达。中国过去文艺欣赏者首先是作者的朋友和同行的文人,所以唱酬的风气特盛,而作品一向是“斗方名士”气味很重。在西方,有爱听英雄故事的群众才有荷马史诗和中世纪传奇,有欢喜看戏的群众才有希腊悲剧和伊丽莎白后朝的戏剧。近代人欢喜看小说消遣,所以小说最盛行,这些都是很粗浅的事例,如果细加分析,文学史上体裁与风格的演变,都可以证明作者时时在迁就读者。

一个作者需要读者,就不能不看重读者;但是如果完全让读者牵着鼻子走,他对于艺术也决不能有伟大的成就。就一般情形说,读者比作者程度较低,趣味较劣,也较富于守旧性。因此,作者常不免处在两难境遇:如果一味迎合读者,揣摩风气,他的艺术就难超过当时已达到的水准;如果一味立异为高,孤高自赏,他的艺术至少在当时找不着读者。在历史上,作者可以分为两大类,有些甘心在已成立的风气之下享一时的成功,有些要自己开辟一个风气让后人继承光大。一是因袭者,守成者;一是反抗者,创业者。不过这只是就粗浅的迹象说,如果看得精细一点,文学史上因袭和反抗两种势力向来并非绝不相谋的。纯粹的因袭者决不能成为艺术家,真正艺术家也绝不能一味反抗而不因袭。所以聪明的艺术家在应因袭时因袭,在应反抗时反抗。他接受群众,群众才接受他;但是他也要高出群众,群众才受到他的启迪。他须从迎合风气去开导风气。这话看来像圆滑骑墙,但是你想一想曹植、陶潜、阮籍、杜甫、韩愈、苏轼、莎士比亚、歌德、易卜生、托尔斯泰,哪一个大家不是如此?

一般人都以为文艺风气全是少数革命作家所创成的。我对此颇表怀疑。从文艺史看,一种新兴作风在社会上能占势力,固然由于有大胆的作者,也由于有同情的读者。唐代诗人如卢仝、李贺未尝不各独树一帜,却未能造成风气。一种新风气的成立，表示作者的需要，也表示读者的需要；作者非此不揣摩，读者非此不爱好，于是相习成风，弥漫一时。等到相当时期以后，这种固定的作风由僵化而腐朽，读者看腻了，作者也须另辟途径。文艺的革命和政治的革命是一样的，只有领袖而无群众，都决不能成功。作者与读者携手，一种风气才能养成，才能因袭；作者与读者携手，一种风气也才能破坏，才能转变。作者水准高，可以把读者的水准提高，这道理是人人承认的；读者的水准高，也可以把作者的水准提高，这道理也许不那么浅显，却是同样地正确。在我们现在的时代，作者们须从提高读者去提高自己。

具体与抽象

“文章之精妙不出字句声色之间。”如果记住语文情思一致的基本原则而单从语文探求文章的精妙，姚姬传的这句话确是一语破的。在《散文的声音节奏》篇中我们已谈到声的重要，现在来讲色。所谓“色”并不专指颜色，凡是感官所接触的，分为声色臭味触，合为完整形体或境界，都包含在内（佛典所谓“色蕴”亦广指现象界）。那篇所说的“声”侧重它的形式的成分，如音的阴阳平仄和字句段落的节奏之类；至于人物所发的声音可以帮助我们了解一种具体性格或情境的仍应归在本文所说的“色”。“色”可以说就是具体意象或形象。

我们接受事物的形象用感官，领会事物的关系条理用理智。感官所得的是具体意象，理智所运用的是抽象概念。在白马、白玉、白雪等个别事物所“见”到的白是具体意象，离开这些个别事物而总摄其共象所“想”到的白是抽象概念。理智是进一步、高一层的心理机能，但是抽象概念须从具体意象得来，所以感官是到理智的必由之路。一个人在幼稚时代，一个民族在原始时代,运用感官都多于运用理智,具体意象的力量都大于抽象概念。拿成年人和开化民族说,象仍先于理,知觉仍先于思想。因此,要人明了“理”最好的方法是让他先认识“象”(即“色”),古人所以有“象教”的主张。宗教家宣传教义多借重图画和雕刻,小学教科书必有插画,就是根据这个道理。

有些人在这中间见出文学与哲学科学的分别。哲学科学都侧重理,文学和其他艺术都侧重象。这当然没有哲学科学不要象、文艺不要理的含义。理本寓于象,哲学科学的探求止于理,有时也要依于象;文艺的探求止于象,但也永不能违理。在哲学科学中,理是从水提炼出来的盐,可以独立;在文艺中,理是盐所溶解的水,即水即盐,不能分开。文艺是一种“象教”,它诉诸人类最基本、最原始而也最普遍的感官机能,所以它的力量与影响永远比哲学科学深厚广大。

文艺的表现必定是具体的,诉诸感官的。如果它完全是抽象的,它就失去文艺的特质而变为哲学科学。记得这个原则,我们在写作时就须尽量避免抽象而求具体。“他与士卒同甘苦”,“他为人慈祥”,“他有牺牲的精神”之类语句是用抽象的写法,“他在战场上受伤临危时,口渴得厉害,卫兵找得一杯水给他喝,他翻身看见旁边躺着一个受伤发热的兵,自己就不肯喝,把那杯水传过去给那伤兵说:‘喝了吧,你的需要比我的更迫切!’”这才是具体的写法。仆人慌慌张张地跑去找主人说:“不好了!糟了!”他还是在弄抽象的玩意儿,令人捉摸不着;等到他报告说:“屋里起了火,房子烧光了，小少爷没救得出来，老太太吓昏过去了。”他才把我们引到具体的境界。“少所见，多所怪”，本是常理，你就以常理待它，如耳边风听过去；到了“见骆驼，言马肿背”，你就一惊一喜，看见一个具体的情境活现在眼前。凡是完美的诗、小说或戏剧，里面所写的人物故事和心境，如果抽象地说，都可以用三言两语总括起来，可是作者却要把它“演”成长篇大作，并非不知道爱惜笔墨，他要把人物化成有血有肉的人物，把情境化成有声有色的情境，使读者看到如在眼前。文艺舍创造无能事。所谓创造，就是托出一个意象世界来。从前人作寿序、墓志铭，把所有可赞扬人的话都堆积起来，一样话在任何场合都拿来应用，千篇一律，毛病就在不具体。现在许多人写文章还没有脱去这种习气。你尽管惊叹“那多么美丽啊！”“人生多么悲哀哟！”“我真爱你！”读者却不稀罕听这种空洞的话，他要你“拿出证据来”。

文学必以语文为媒介，语文的生展就带有几分艺术性。这在文字的引申义上面最容易看出。许多抽象的意义都借表达事物的字表达出来。就如这里所说的“生展”和“引申”都是抽象的意义，原来“生产”、“展开”、“牵引”、“欠伸”却都指具体的动作。此外如“道”（路）、“理”（玉石的纹理）、“风”（空气流动）、“行”（走）、“立”（站）、“推”（用手推物）、“断”（用刀断物）、“组织”（编织丝布）、“吹嘘”（以口鼓动空气）、“联络”（系数物于一处）之类在流行语文中用来表示抽象意义（即引申义），反比用原来的具体意义更为普通。如果略知文字学者把流行语文所用的抽象字义稍加分析,他会发现它们大半都是引申义,原义大半是指具体的事物。引申大半含有比喻的意味。“行道”有如“走路”,语文的“生展”有如草木的“发芽长叶”。比喻是文学修辞中极重要的一格。小则零句,大则整篇,用具体事物比喻抽象意义的都极多。零句如“人生若梦”、“天地者万物之逆旅”、“割鸡焉用牛刀”,“鱼相忘乎江湖,人相忘乎道术”、“秋风弃扇知安命,小灶留灯悟养生”之类,整篇如庄子的《养生主》、屈原的《离骚》、佛典中的《百喻经》、《伊索寓言》和英国班扬的《天路历程》之类都可以为例。读者如果循例推求,就可明白比喻在文学作品中,如何普遍,如何重要。

在《写作练习》篇中,我们已谈到文章的作用不外说理、言情、叙事、状物四种。事与物本来就是具体的,所以叙事文与状物文比较容易具体。情感在发动时虽有具体的表现,内为生理变化,外为对人处事的态度和动作,都有迹象可寻,但是身临其境者常无暇自加省察;即自加省察,也常苦其游离飘忽,不易捉摸。加以情随境迁,哀乐尽管大致相同,而个别经历悬殊,这个人的哀乐和那个人的哀乐,这一境的哀乐和另一境的哀乐终必有微妙的分别。文学不但要抓住类型,尤其紧要的是抓住个性。在实际中哀可以一哭表现,乐可以一笑表现;但是在文学作品中,哀只言哭,乐只言笑,就决不能打动人,因为言哭言笑还是太抽象。要读者深刻地感觉到某人在某境中哀如何哀,乐如何乐,就必须把它所伴的具体情境烘托出来。因此,言情常须假道于叙事状物。美学家谈表现,以为情感须与意象融合,就因为这个道理。《诗经》里名句“蒹葭苍苍,白露为霜,所谓伊人,在水一方,溯洄从之，道阻且长，溯游从之，宛在水中央”，所写的是一些事物，一种情境，而所表现的却是一种情致。那种情致本身不能直接叙述或描绘，必须借“蒹葭”、“白露”、“伊人”、“水”这些具体的意象所组成的具体的情境才可表现出来。

在文学所用的四类材料之中，理最为抽象。它无形无声无臭亦无味触，不能由感官直接感触，只能用理智领悟。纯文学必为具体的有个性的表现，所以想把说理文抬举到纯文学的地位，颇不容易。理愈高深就愈抽象，也就愈难为一般人了解欣赏。像《洪范》、《中庸》、《道德经》、墨子的《经》及《经说》、佛典中的论、康德的《纯粹理性批判》、斯宾诺莎的《伦理学》之类典籍陈义非不高深，行文却极抽象，不免使读者望而生畏。世间有许多高深的思想都埋没在艰晦的文字里，对于文学与文化都是很大的损失。有些思想家知道这一点，虽写说理文，也极力求其和文学作品一样具体。古代的柏拉图和庄子，近代的柏格森和詹姆斯，都是好例。他们通常用两种方法。一是举例证，拿具体的个别事件说明抽象的普遍原理，有如律师辩护，博引有关事实，使听者觉其证据确凿可凭，为之动听。一是多用譬喻，理有非直说可明者，即用类似的具体事物来打比。“人相忘乎道术”颇不易懂，“鱼相忘乎江湖”却是众人皆知的。《庄子》多用寓言，寓言多是譬喻。《战国策》所记载的当时游说之士的言辞，也大半能以譬喻说理见长。最有名的是画蛇添足、鹬蚌相争、狐假虎威几段故事。区区数语在当时外交政治上曾发生极大的影响。战国时言谈的风气很盛，而譬喻是言谈达到目的所必由之径。刘向《说苑》曾经有这样一段记载：

> 梁惠王问惠子曰："愿先生言事则直言耳，无譬也。"惠子曰："今有人于此而不知弹者。"曰："弹之状何若？"应曰："弹之状若弹，则喻乎？"王曰："未喻也。"于是更应曰："弹之状如弓而以竹为弦，则知乎？"王曰："可知矣。"惠子曰："夫说者固以其所知，喻其所不知，而使人知之。今王曰'无譬'则不可矣。"

这段话可以见出当时譬喻的流行，也把譬喻的道理说得极清楚："以其所知喻其所不知。"文学要用具体的意象说出抽象的道理，功用也是如此。

从梁惠王不欢喜譬喻这件事实看，我们可以知道譬喻要多说话，尽管是最有效的办法，却不是最简截的办法。分明只有一个道理，不直接说出，却要找一个陪衬把它烘托出来，不免是绕弯子。但是人类心智都要由具体达到抽象，这是无可如何的事。大凡具体的写法都比抽象的写法较费笔墨，不独譬喻如此。抽象的写法有如记总账，画轮廓，悬牌宣布戏单；具体的写法有如陈列账上所记的货物，填颜色画出整个形体，生旦净丑穿上全副戏装出台扮演。前者虽简赅而不免空洞，后者有时须不避繁琐才能生动逼真。文学在能简赅而又生动时，取简赅；在简赅而不能生动时，则毋宁取生动。这个道理我们有一个很好的例子可以说明。《谷梁传》成公元年有一条记载：

季孙行父秃，晋郤克眇，卫孙良夫跛，曹公子手偻，同时而聘于齐。齐使秃者御秃者，使眇者御眇者，使跛者御跛者，使偻者御偻者。

这段文字的重复是有意的，重复才能着重当时情境的滑稽。刘知几在《史通》里嫌它太繁，主张在“齐使秃者御秃者”句下只用“各以其类逆”一句总括其余。这就是把具体的改成抽象的，虽较简赅，却没有原文的生动和幽默。大约理智胜于想象的人对于文学中画境和剧情都不很能欣赏，而且嫌它琐细。这就无异于说他们的文学欣赏力薄弱。

具体的写法也不一定就要繁琐。繁简各有时宜，只要能活跃有生气，都不失其为具体。作文如绘画，有用工笔画法的，把眼前情景和盘托出，巨细不遗，求于精致周密处擅长；也有用大笔头画法的，寥寥数笔就可以把整个性格或情境暗示出来，使读者觉得它“言有尽而意无穷”。就常例说，作品的艺术价值愈高，就愈含蓄。含蓄的秘诀在于繁复情境中精选少数最富于个性与暗示性的节目，把它们融化成一完整形象，让读者凭这少数节目做想象的踏脚石，低回玩索，举一反三。着墨愈少，读者想象的范围愈大，意味也就愈深永。这道理在第一流史诗、戏剧和小说里都可以看出。荷马描写海伦的美，只叙述特洛伊国一般元老见到她如何惊叹，是一个最有名的实例。

要写得具体，也并非堆砌具体意象就可以了事。貌似具体的作品还可以说是太“抽象”，因为它陈腐、肤泛、空洞。广告商标的图画非无具体意象,可是从艺术眼光看,我们不能说它具体,它千篇一律,没有个性和生气。作文使用意象,颇非易事。我们脑中积着许多陈腐辞藻,一动笔就都拥挤上来。一提到美人就是桃面柳眉,一提到变化无常就是浮云流水、桑田沧海。写恋爱老是那一套三角场面,写抗战老是那一套间谍勾当。这其实和绘广告商标没有分别。我们所提倡的"具体"不仅是要用感官所接受的意象,而且是要把这种意象通过创造的想象,熔成一种独到的新鲜的境界或是一个有特殊生命的性格。情境写得像《水浒》里的武松打虎或《史记》里的鸿门宴,人物写得像莎士比亚的哈姆雷特或曹雪芹的刘姥姥,我们说那才不愧为"具体的"。我们在实际生活中所经历的人物情境还没有那么具体,那么真实。只就这一个意义说,我们才承认文艺所创造的世界是理想化的世界。

情与辞

一切艺术都是抒情的，都必表现一种心灵上的感触，显著的如喜、怒、爱、恶、哀、愁等情绪，微妙的如兴奋、颓唐、忧郁、宁静以及种种不易名状的飘来忽去的心境。文学当作一种艺术看，也是如此。不表现任何情致的文字就不算是文学作品。文字有言情、说理、叙事、状物四大功用，在文学的文字中，无论是说理、叙事、状物，都必须流露一种情致，若不然，那就成为枯燥的没有生趣的日常应用文字，如账簿、图表、数理化教科书之类。不过这种界线也很不容易划清，因为人是有情感的动物，而情感是容易为理、事、物所触动的。许多哲学的、史学的甚至于科学的著作都带有几分文学性，就是因为这个道理。我们不运用言辞则已，一运用言辞，就难免要表现几分主观的心理倾向，至少也要有一种“理智的信念”(intellectual conviction)，这仍是一种心情。

情感和思想通常被人认为是对立的两种心理活动。文字所表现的不是思想，就是情感。其实情感和思想常互相影响，互相融会。除掉惊叹语和谐声语之外，情感无法直接表现于文字，都必借事理物烘托出来，这就是说，都必须化成思想。这道理在中国古代有刘彦和说得最透辟。《文心雕龙》的《熔裁》篇里有这几句话："草创鸿笔，先标三准。履端于始，则设情以位体；举正于中，则酌事以取类；归余于终，则撮辞以举要。"

用现代话来说，行文有三个步骤，第一步要心中先有一种情致，其次要找出具体的事物可以烘托出这种情致，这就是思想分内的事，最后要找出适当的文辞把这内在的情思化合体表达出来。近代美学家克罗齐的看法恰与刘彦和的一致。文艺先须有要表现的情感，这情感必融会于一种完整的具体意象（刘彦和所谓"事"），即借那个意象得表现，然后用语言把它记载下来。

我特别提出这一个中外不谋而合的学说来，用意是在着重这三个步骤中的第二个步骤。这是一般人所常忽略的。一般人常以为由"情"可以直接到"辞"，不想到中间须经过一个"思"的阶段，尤其是十九世纪浪漫派理论家主张"文学为情感的自然流露"，很容易使人发生这种误解。在这里我们不妨略谈艺术与自然的关系和分别。艺术（art）原意为"人为"，自然是不假人为的；所以艺术与自然处在对立的地位，是自然就不是艺术，是艺术就不是自然。说艺术是"人为的"就无异于说它是"创造的"。创造也并非无中生有，它必有所本，自然就是艺术所本。艺术根据自然，加以熔铸雕琢，选择安排，结果乃是一种超自然的世界。换句话说，自然须通过作者的心灵，在里面经过一番意匠经营，才变成艺术。艺术之所以为艺术，全在

“自然”之上加这一番“人为”。

这番话并非题外话。我们要了解情与辞的道理,必先了解这一点艺术与自然的道理。情是自然,融情于思,达之于辞,才是文学的艺术。在文学的艺术中,情感须经过意象化和文辞化,才算得到表现。人人都知道文学不能没有真正的情感,不过如果只有真正的情感,还是无济于事。你和我何尝没有过真正的情感?何尝不自觉平生经验有不少的诗和小说的材料?但是诗在哪里?小说在哪里?浑身都是情感不能保障一个人成为文学家,犹如满山都是大理石不能保障那座山有雕刻,是同样的道理。

一个作家如果信赖他的生糙的情感,让它“自然流露”,结果会像一个掘石匠而不能像一个雕刻家。雕刻家的任务在把一块顽石雕成一个石像,这就是说,给那块顽石一个完整的形式,一条有灵有肉的生命。文学家对于情感也是如此。英国诗人华兹华斯有一句名言:“诗起于在沉静中回味过来的情绪。”在沉静中加过一番回味,情感才由主观的感触变成客观的观照对象,才能受思想的洗练与润色,思想才能为依稀隐约不易捉摸的情感造出一个完整的可捉摸的形式和生命。这个诗的原理可以应用于一切文学作品。

这一番话是偏就作者自己的情感说。从情感须经过观照与思索而言,通常所谓“主观的”就必须化为“客观的”,我必须跳开小我的圈套,站在客观的地位,来观照我自己,检讨我自己,把我自己的情感思想和行动姿态当作一幅画或是一幕戏来点染烘托。古人有“痛定思痛”的说法,不只是"痛",写自己的一切的切身经验都必须从追忆着手,这就是说,都必须把过去的我当作另一个人去看。我们需要客观的冷静的态度。明白这个道理,我们也就应该明白在文艺上通常所说的"主观的"与"客观的"分别是粗浅的,一切文学创作都必须是"客观的",连写"主观的经验"也是如此。

但是一个文学家不应只在写自传,独角演不成戏,虽然写自传,他也要写到旁人,也要表现旁人的内心生活和外表行动。许多大文学家向来不轻易暴露自己,而专写自身以外的人物,莎士比亚便是著例。形形色色的人物的心理变化在他们手中都可以写得惟妙惟肖,淋漓尽致。他们所以能做到这一点,因为他们会设身处地去想象,钻进所写人物的心窍,和他们同样想,同样感,过同样的内心生活。写哈姆雷特,作者自己在想象中就变成哈姆雷特,写林黛玉,作者自己在想象中也就要变成林黛玉。明白这个道理,我们也就应该明白一切文学创作都必须是"主观的",所写的材料尽管是通常所谓"客观的",作者也必须在想象中把它化成亲身经验。

总之,作者对于所要表现的情感,无论是自己的或旁人的,都必须能"入乎其内,出乎其外",体验过也观照过;热烈地尝过滋味,也沉静地回味过,在沉静中经过回味,情感便受思想熔铸,由此附丽到具体的意象,也由此产生传达的语言(即所谓"辞"),艺术作用就全在这过程上面。

在另一篇文章里我已讨论过情感思想与语文的关系,在这里我不再做哲理的剖析,只就情与辞在分量上的分配略谈一谈。就大概说,文学作品可分为三种:“情尽乎辞”、“情溢乎辞”或是“辞溢乎情”。心里感觉到十分,口里也就说出十分,那是“情尽乎辞”;心里感觉到十分,口里只说出七八分,那是“情溢乎辞”;心里只感觉到七八分,口里却说出十分,那是“辞溢乎情”。德国哲学家黑格尔曾经指出与此类似的分别,不过他把“情”叫作“精神”,“辞”叫作“物质”。艺术以物质表现精神,物质恰足表现精神的是“古典艺术”,例如希腊雕刻,体肤恰足以表现心灵;精神溢于物质的是“浪漫艺术”,例如中世纪“哥特式”雕刻和建筑,热烈的情感与崇高的希望似乎不能受具体形象的限制,磅礴四射;物质溢于精神的是“象征艺术”(黑格尔的“象征”与法国象征派诗人所谓“象征”绝不相同),例如埃及金字塔,以极笨重庞大的物质堆积在那里,我们只能依稀隐约地见出它所要表现的精神。

黑格尔最推尊古典艺术,就常识说,情尽乎辞也应该是文学的理想。“无情者不得尽其辞”,“和顺积中,英华外发”,“修辞立其诚”,我们的古圣古贤也是如此主张。不过概括立论,都难免有毛病。“情溢乎辞”也未尝没有它的好处。语文有它的限度,尽情吐露有时不可能,纵使可能,意味也不能很深永。艺术的作用不在陈述而在暗示,古人所谓“言有尽而意无穷”。含蓄不尽,意味才显得闳深婉约,读者才可自由驰骋想象,举一反三。把所有的话都说尽了,读者的想象就没有发挥的机会,虽然“观止于此”,究竟“不过尔尔”。拿绘画来打比,描写人物,用工笔画法仔细描绘点染,把一切形色,无论巨细,都尽量地和盘托出,结果反不如用大笔头画法,寥寥数笔,略现轮廓,更来得生动有趣。画家和画匠的分别就在此。画匠多着笔墨不如画家少着笔墨,这中间妙诀在选择与安排之中能以有限寓无限,抓住精要而排去秕糠。黑格尔以为古典艺术的特色在物质恰足表现精神,其实这要看怎样解释,如果当作“情尽乎辞”解,那就显然不很正确,古典艺术的理想是“节制”(restraint)与“静穆”(serenity),也着重中国人所说的“弦外之响”,“不着一字,尽得风流”。

在普通情境之下,“辞溢乎情”总不免是一个大毛病,它很容易流于空洞、腐滥、芜冗。它有些像纸折的花卉,金叶剪成的楼台,绚烂夺目,却不能真正产生一点春意或是富贵气象。我们看到一大堆漂亮的辞藻,期望在里面玩味出来和它相称的情感思想,略经咀嚼,就知道它索然乏味,心里仿佛觉得受了一回骗,作者原来是一个穷人要摆富贵架子!这个毛病是许多老老少少的人所最容易犯的。许多叫作“辞章”的作品,旧诗赋也好,新“美术文”也好,实在是空无所有。

不过“辞溢乎情”有时也别有胜境。汉魏六朝的骈俪文就大体说,都是“辞溢乎情”。固然也有一派人骂那些作品一文不值,可是真正爱好文艺而不夹成见的虚心读者,必能感觉到它们自有一种特殊的风味。我曾平心静气地玩味庾子山的赋、温飞卿的词、李义山的诗、莎士比亚的悲剧和商籁,弥尔顿的长短诗,以及近代新诗试验者如斯温伯恩、马拉梅和罗威尔诸人的作品,觉得他们的好处有一大半在辞藻的高华与精妙,而里面所边县的情趣往往却很普通。这对于我最初是一个大疑团,我无法在理论上找到一个圆满的解释。我放眼看一看大自然，天上灿烂的繁星，大地在盛夏时所呈现葱茏的花卉与锦绣的河山，大都会中所铺陈的高楼大道，红墙碧瓦，车如流水马如龙，说它们有所表现固无不可，不当作它们有所表现，我们就不能借它们娱目赏心么？我再看一看艺术，中国古瓷上的花鸟、刺绣上的凤翅龙鳞，波斯地毡上的以及近代建筑上的图案，贝多芬和瓦格纳的交响曲，不也都够得上说"美丽"，都能令人欣喜？我们欣赏它们所表现的情趣居多呢，还是欣赏它们的形象居多呢？我因而想起，辞藻也可以组成图案画和交响曲，也可以和灿烂繁星、青山绿水同样地供人欣赏。"辞溢乎情"的文章如能做到这地步，我们似也毋庸反对。

刘彦和本有"为情造文"与"为文造情"的说法，我觉得后起的"因情生文，因文生情"的说法比较圆满，一般的文字大半"因情生文"，上段所举的例可以说是"因文生情"。"因情生文"的作品一般人有时可以办得到，"因文生情"的作品就非极大的艺术家不办。在平地起楼阁是寻常事，在空中架楼阁就有赖于神工鬼斧。虽是在空中，它必须是楼阁，是完整的有机体。一般"辞溢乎情"的文章所以要不得，因为它根本不成为楼阁。不成为楼阁而又悬空，想拿旁人的空中楼阁来替自己辩护，那是狂妄愚蠢，为初学者说法，脚踏实地最稳妥，只求"因情生文"，"情见于辞"，这一步做到了，然后再做高一层的企图。

想象与写实

在这些短文里，我着重学习文学的实际问题，想撇开空泛的理论，不过对于想象与写实这个理论上的争执不能不提出一谈，因为它不仅有关于写作基本态度上的分别，而且涉及对于文艺本质的认识。这个理论上的争执在十九世纪后期闹得最剧烈。在十九世纪前期，浪漫主义风靡一时，它反抗前世纪假古典主义过于崇拜理智的倾向，特提出“情感”和“想象”两大口号。浪漫作者坚信文艺必须表现情感，而表现情感必借想象。在他们的心目中与想象对立的是理智，是形式逻辑，是现实的限制；想象须超过理智打破形式逻辑与现实的限制，任情感的指使，把现实世界的事理情态看成一个顽皮孩子的手中的泥土，任他搬弄糅合，造成一种基于现实而又超于现实的意象世界。这意象世界或许是空中楼阁，但空中楼阁也要完整美观，甚至于比地上楼阁还要更合于情理。这是浪漫作者的信条，在履行信条之中，他们有时不免因走极端而生流弊。比如说，过于信任想象，蔑视事实，就不免让主观的成见与幻想作祟，使作品离奇到不近情理，空洞到不切人生。因此到了十九世纪后期,文学界起了一个大反动,继起的写实主义咒骂主观的想象情感,一如从前浪漫主义咒骂理智和常识。写实作家的信条在消极方面是不任主观,不动情感,不凭空想;在积极方面是尽量寻求实际人生经验,应用自然科学的方法搜集“证据”,写自己所最清楚的,愈忠实愈好。浪漫派的法宝是想象,毕生未见大海的人可以歌咏大海;写实派的法宝是经验,要写非洲的故事便须背起行囊亲自到非洲去观察。

这显然是写作态度上一个基本的分别。在谈写作练习时我曾经说过初学者须认清自己知解的限度,与其在浪漫派作家所谓“想象”上做功夫,不如在写实派作家所谓“证据”上做功夫,多增加生活经验,把那限度逐渐扩大。不过这只是就写作训练来说,如果就文艺本质做无偏无颇的探讨,我们应该知道,凡是真正的文艺作品都必同时是写实的与想象的。想象与写实相需为用,并行不悖,并不如一般人所想象的那样绝对相反。理由很简单,凡是艺术创造都是旧经验的新综合。经验是材料,综合是艺术的运用。唯其是旧经验,所以读者可各凭经验去了解;唯其是新综合,所以见出艺术的创造,每个作家的特殊心裁。所谓“写实”就是根据经验,所谓“想象”就是集旧经验加以新综合(想象就是“综合”或“整理”)。想象决不能不根据经验,神鬼和天堂地狱虽然都是想象的,可也都是根据人和现世想象出来的,神鬼都像人一样有四肢五官,能思想行动,天堂地狱都像现世一样有时间空间和摆布在时空中的事事物物,如宫殿楼阁饮食男女之类。一切艺术的想象都可以作如是观。至于经验——写实派所谓“证据”——本身不能成为艺术，它必须透过作者的头脑，在那里引起一番意匠经营，一番选择与安排，一番想象，然后才能产生作品。任何作品所写的经验决不能与未写以前的实际经验完全一致，如同食物下了咽喉未经消化就排泄出来一样。食物如果要成为生命素，必经消化；人生经验如果要形成艺术作品，必经心灵熔铸。从艺术观点看，这熔铸的功夫比经验还更重要千百倍，因为经验人人都有，却不是每个人都能表现他的经验成为艺术家。许多只信“证据”而不信“想象”的人为着要产生作品，钻进许多偏僻的角落里讨实际生活，实际生活算是讨到手了，作品仍是杳无踪影；这正如许多书蠹读过成千成万卷的书，自己却无能力写出一本够得上称为文艺作品的书，是同一道理。

极端的写实主义者对于“写实”还另有一个过激的看法，写实不仅根据人生经验，而且要忠实地保存人生经验的本来面目，不许主观的想象去矫揉造作。据我们所知，写实派大师像福楼拜、屠格涅夫诸人并不曾实践这种理论。但是有一班第三四流写实派作家往往拿这种理论去维护他们的艺术失败。他们的影响在中国文艺界似开始流毒。“报告文学”作品有许多都很芜杂零乱，没有艺术性。我们首先要明白的是写实派所谓“实”。文艺作品应该富于“真实感”，“对自然真实”，或是“对人生真实”，这都是没有问题的；问题在“什么叫作真实”，这是一个哲学上的问题，这里不能详谈，我们只能说，判断任何事物是否真实，须有一个立场。从某一个立场看一件事物是真实的，从另一个立场看它，可能是不真实。这就是说，世间并不只有一种真实。概略地说，真实有三种，大家所常认得的是“历史的真实”，这也可以叫作“现象的真实”。比如说，“中国在亚洲”，“秦始皇焚书坑儒”，“张三昨天和他的太太吵了一架”，“李四今天跌了一跤”，这些都是曾经在自然界发生过的现象，在历史上是真实的。其次是“逻辑的真实”，比如说，“凡人皆有死”，“勾方加股方等于弦方”，“白马之白犹白玉之白”，“自由意志论与命定论不能并存”，这些都是于理为必然的事实，经过逻辑思考而证其为真实的。现象的真实不必合于逻辑的真实，比如现象界并无绝对的圆，而绝对的圆在逻辑上仍有它的真实性。第三就是“诗的真实”或“艺术的真实”。在一个作品以内，所有的人物内心生活与外表行动都写得尽情尽理，首尾融贯整一，成为一种独立自足的世界，一种生命与形体谐和一致的有机体，那个作品和它里面所包括的一切就有“诗的真实”。比如说，在《红楼梦》那圈套里，贾宝玉应该那样痴情，林黛玉应该那样心窄，薛宝钗应该那样圆通，在任何场合，他们一举一动，一言一笑，都切合他们的身份，表现他们的性格，叫我们惊疑他们“真实”，虽然这一切在历史上都是子虚乌有。

极端的写实派的错误在只求历史的或现象的真实，而忽视诗的真实。艺术作品不能不有几分历史的真实，因为它多少要有实际经验上的根据；它却也不能只有历史的真实，因为它是艺术，而艺术必于“自然”之上加以“人为”，不仅如照相底片那样呆板地反映人物形象。艺术创造是旧经验的新综合。旧经验在历史上是真实的，新综合却必须在诗上是真实的。要审问一件事物在历史上是否真实,我们问:它是否发生过?有无事实证明?要审问一件事物在诗上是否真实,我们问:衡情度理,它是否应该如此?在完整体系(即作品)以内,它与全部是否融贯一致?不消说得,就艺术观点来说,最重要的真实是诗的真实而不是历史的真实;因为世间一切已然现象都有历史的真实,而诗的真实只有在艺术作品中才有,一件作品在具有诗的真实时才能成其为艺术。

我们还可以进一步说,诗的真实高于历史的真实。自然界无数事物并存交错,繁复零乱,其中尽管有关系条理,却忽起忽没,若隐若现,有时现首不现尾,有时现尾不现首,我们一眼看去,无从把某一事物的来踪去向从繁复事态中单提出来,把它看成一个融贯整一的有机体。文艺作品都有一个“母题”或一个主旨,一切人物故事,情感动作,都以这主旨为中心,可以附丽到这主旨上去的摄取来,一切无关主旨的都排弃去,而且在摄取的材料之中轻重浓淡又各随班就位,所以关系条理不但比较明显,也比较紧凑,没有自然现象所常呈现的颠倒错乱,也没有所谓“偶然”。自然界现象只是“如此如此”,而文艺作品所写的事变则在接受了一些假定的条件之下,每一样都是“必须如此如此”。比如拿人物来说,文学家所创造的角色如哈姆雷特、夏洛克、达尔杜弗、卡拉马佐夫、鲁智深、刘姥姥、严贡生之类,比我们在实际生活中常遇见的类似的典型人物还更入情入理。我们指不出某一个人恰恰是夏洛克或刘姥姥,但是觉得世间有许多人都有几分像他们。根据这个事实去想,我们可以见出诗的真实高于历史的真实是颠扑不破的至理。亚里士多德说:“诗比历史更富于哲理”,意思也就在此。诗的真实所以高于历史的真实者,因为自然现象界是未经发掘的矿坑,文艺所创造的世界是提炼过的不存一点渣滓的赤金纯钢。艺术的功夫就在这种提炼上见出,它就是我们所说的“想象”。

中国文学理论家向重“境界”二字,王静安在《人间词话》里提出“造境”和“写境”的分别,以为“造境”即“理想”(即“想象”),“写境”即“写实”,并加以补充说:“二者颇难分别,因大诗人所造之境必合乎自然,所写之境亦必邻于理想。”这话很精妙,其实充类至尽,写境仍是造境,文艺都离不掉自然,也都离不掉想象,写实与想象的分别终究是一庸俗的分别。文艺的难事在造境,凡是人物性格事变原委等等都要借境界才能显出。境界就是情景交融事理相契的独立自足的世界,它的真实性就在它的融贯整一,它的完美。“完”与“美”是不能分开的,这世界当然要反映人生自然,但是也必须是人生自然经过重新整理。大约文艺家对于人生自然必须经过三种阶段。头一层他必须跳进里面去生活过(live),才能透懂其中甘苦;其次他必须跳到外面观照过(contemplate),才能认清它的形象;经过这样的主观的尝受和客观的玩索以后,他最后必须把自己所得到的印象加以整理(organize),整理之后,生糙的人生自然才变成艺术的融贯整一的境界。写实主义所侧重的是第一阶段,理想主义所侧重的是第三阶段,其实这三个阶段都是不可偏废的。

精进的程序

文学是一种很艰难的艺术，从初学到成家，中间须经过若干步骤，学者必须循序渐进，不可一蹴而就。拿一个比较浅而易见的比喻来讲，作文有如写字。在初学时，笔拿不稳，手腕运用不能自如，所以结体不能端正匀称，用笔不能平实遒劲，字常是歪的，笔锋常是笨拙扭曲的。这可以说是"疵境"。特色是驳杂不稳，纵然一幅之内间或有一两个字写得好，一个字之内间或有一两笔写得好，但就全体看去，毛病很多。每个人写字都不免要经过这个阶段。如果他略有天资，用力勤，多看碑帖笔迹（多临摹，多向书家请教），他对于结体用笔，分行布白，可以学得一些规模法度，手腕运用得比较灵活了，就可以写出无大毛病、看得过去的字。这可以说是"稳境"，特色是平正工稳，合于规模法度，却没有什么精彩，没有什么独创。多数人不把书法当作一种艺术去研究，只把它当作日常应用的工具，就可以到此为止。如果想再进一步，就须再加揣摩，真草隶篆各体都须尝试一下，各时代的碑版帖札须多读多临，然后荟萃各家各体的长处，造成自家所特有的风格，写成的字可以算得艺术作品，或奇或正，或瘦或肥，都可以说得上“美”。这可以说是“醇境”，特色是凝练典雅，极人工之能事，包世臣和康有为所称的“能品”、“佳品”都属于这一境。但是这仍不是极境，因为它还不能完全脱离“匠”的范围，任何人只要一下功夫，到功夫成熟了，都可以达到。最高的是“化境”，不但字的艺术成熟了，而且胸襟学问的修养也成熟了，成熟的艺术修养与成熟的胸襟学问的修养融成一片，于是字不但可以见出驯熟的手腕，还可以表现高超的人格；悲欢离合的情调，山川风云的姿态，哲学宗教的蕴藉，都可以在无形中流露于字里行间，增加字的韵味。这是包世臣和康有为所称的“神品”、“妙品”，这种极境只有极少数幸运者才能达到。

作文正如写字。用字像用笔，造句像结体，布局像分行布白。习作就是临摹，读前人的作品有如看碑帖墨迹，进益的程序也可以分“疵”、“稳”、“醇”、“化”四境。这中间有天资和人力两个要素，有不能纯借天资达到的，也有不能纯借人力达到的。人力不可少，否则始终不能达到“稳境”和“醇境”；天资更不可少，否则达到“稳境”和“醇境”有缓有速，“化境”却永远无法望尘。在“稳境”和“醇境”，我们可以纯粹就艺术而言艺术，可以借规模法度作为前进的导引；在“化境”，我们就要超出艺术范围而推广到整个人的人格以至整个的宇宙，规模法度有时失其约束的作用，自然和艺术的对峙也不存在。如果举实例来说，在中国文字中，言情文如屈原的《离骚》，陶渊明和杜工部的诗，说理文如庄子的《逍遥游》、《齐物论》和《楞严经》,记事文如太史公的《项羽本纪》、《货殖传》和《红楼梦》之类作品都可以说是到了“化境”,其余许多名家大半止于“醇境”或是介于“化境”与“醇境”之间,至于“稳境”和“疵境”都无用举例,你我就大概都在这两个境界中徘徊。

一个人到了艺术较高的境界,关于艺术的原理法则无用说也无可说;有可说而且需要说的是在“疵境”与“稳境”。从前古文家有奉“义法”为金科玉律的,也有攻击“义法”论调的。在我个人看,拿“义法”来绳“化境”的文字,固近于痴人说梦;如果以为学文艺始终可以不讲“义法”,就未免更误事。记得我有一次和沈尹默先生谈写字,他说:“书家和善书者有分别,世间尽管有人不讲规模法度而仍善书,但是没有规模法度就不能成为一个真正的书家。”沈先生自己是“书家”,站在书家的立场他拥护规模法度,可是仍为“善书者”留余地,许他们不要规模法度。这是他的礼貌。我很怀疑“善书者”可以不经过揣摩规模法度的阶段。我个人有一个苦痛的经验。我虽然没有正式下功夫写过字,可是二三十年来没有一天不在执笔乱写,我原来也相信此事可以全凭自己的心裁,苏东坡所谓“我书意造本无法”,但是于今我正式留意书法,才觉得自己的字太恶劣,写过几十年的字,一横还拖不平,一竖还拉不直,还是未脱“疵境”。我的病根就在从头就没有讲一点规模法度,努力把一个字写得四平八稳。我误在忽视基本功夫,只求要一点聪明,卖弄一点笔姿,流露一点风趣。我现在才觉悟“稳境”虽平淡无奇,却极不易做到,而且不经过“稳境”,较高的境界便无从达到。

文章的道理也是如此，韩昌黎所谓“醇而后肆”是作文必循的程序。由“疵境”到“稳境”那一个阶段最需要下功夫学规模法度，小心谨慎地把字用得恰当，把句造得通顺，把层次安排得妥帖，我作文比写字所受的训练较结实，至今我还在基本功夫上着意，除非精力不济，注意力松懈时，我必尽力求稳。

稳不能离规模法度。这可分两层说，一是抽象的，一是具体的。抽象的是文法、逻辑以及古文家所谓“义法”，西方人所谓文学理论和文学批评。在这上面再加上一点心理学和修辞学常识，就可以对付了。抽象的原则和理论本身并没有多大功用，它的唯一的功用在帮助我们分析和了解作品。具体的规模法度须在模范作品中去找。文法、逻辑、义法等等在具体实例中揣摩，也比较更彰明较著。从前人说：“熟读唐诗三百首，不会吟诗也会吟”，语调虽卑，却是经验之谈。为初学说法，模范作品在精不在多，精选熟读透懂，短文数十篇，长著三数种，便已可以作为达到“稳境”的基础。读每篇文字须在命意、用字、造句和布局各方面揣摩；字、句、局三项都有声义两方面，义固重要，声音节奏更不可忽略。既叫作模范，自己下笔时就要如写字临帖一样，亦步亦趋地模仿它。我们不必唱高调轻视模仿，古今大艺术家，据我所知，没有不经过一个模仿阶段的。第一步模仿，可得规模法度，第二步才能集合诸家的长处，加以变化，造成自家所特有的风格。

练习作文，一要不怕模仿，二要不怕修改。多修改，思致愈深入，下笔愈稳妥。自己能看出自己的毛病才算有进步。严格地说，自己要说的话是否从心所欲地说出，只有自己知道，如果有毛病，也只有自己知道最清楚，所以文章请旁人修改不是一件很合理的事。丁敬礼向曹子建说："文之佳恶，吾自得之，后世谁相知定吾文者耶?"杜工部也说："文章千古事，得失寸心知。"大约文章要作得好，必须经过一番只有自己知道的辛苦，同时必有极谨严的艺术良心，肯严厉地批评自己，虽微疵小失，不肯轻易放过，须把它修到无疵可指，才能安心。不过这番话对于未脱"疵境"的作者恐未免是高调。据我的观察，写作训练欠缺者通常有两种毛病：第一是对于命意用字造句布局没有经验，规模法度不清楚，自己的毛病自己不能看出，明明是不通不妥，自己却以为通妥；其次是容易受虚荣心和兴奋热烈时的幻觉支配，对自己不能做客观的冷静批评，仿佛以为在写的时候既很兴高采烈，那作品就一定是杰作，足以自豪。只有良师益友，才可以医治这两种毛病。所以初学作文的人最好能虚心接受旁人的批评，多请比自己高明的人修改。如果修改的人肯仔细指出毛病，说出应修改的理由，那就可以产生更大的益处。作文如写字，养成纯正的手法不易，丢开恶劣的手法更难。孤陋寡闻的人往往辛苦半生，没有摸上正路，到发现自己所走的路不对时，已悔之太晚，想把"先入为主"的恶习丢开，比走回头路还更难更冤枉。良师益友可以及早指点迷途，引上最平正的路，免得浪费精力。

自己须经过一番揣摩，同时又须有师友指导，一个作者才可以逐渐由"疵境"达到"稳境"。"稳境"是不易达到的境界，却也是平庸的境界。我认识许多前一辈的人，幼年经过科举的训练，后来借文字"混差事"，对于诗文字画，件件都会，件件都很平稳，可是老是那样四平八稳，没有一点精彩，不是“庸”，就是“俗”，虽是天天在弄那些玩意，却到老没有进步。他们的毛病在成立了一种定型，便老守着那种定型，不求变化。一稳就定，一定就一成不变，由熟以至于滥，至于滑。要想免去这些毛病，必须由稳境重新尝试另一风格。如果太熟，无妨学生硬；如果太平易，无妨学艰深；如果太偏于阴柔，无妨学阳刚。在这样变化已成风格时，我们很可能地回到另一种“疵境”，再由这种“疵境”进到“熟境”，如此辗转下去，境界才能逐渐扩大，技巧才能逐渐成熟，所谓“醇境”大半都须经过这种“精钢百炼”的功夫才能达到。比如写字，入手习帖的人易于达到“稳境”，可是不易达到很高的境界。稳之后改习唐碑可以更稳，再陆续揣摩六朝碑版和汉隶、秦篆，以至于金文、甲骨文，如果天资人才都没有欠缺，就必定有“大成”的一日。

这一切都是“匠”的范围以内的事，西文所谓“手艺”（craftsmanship）。要达到只有大艺术家所能达到的“化境”，那就还要在人品学问各方面另下一套更重要的功夫。我已经说过，这是不能谈而且也无用谈的。本文只为初学说法，所以陈义不高，只劝人从基本功夫下手，脚踏实地循序渐进地做下去。

谈翻译

在现代研究文学，不精通一两种外国文是一个大缺陷。尽管过去的中国文学如何优美，如果我们坐井观天，以为天下之美尽在此，我们就难免对本国文学也不能尽量了解欣赏。美丑起于比较，比较资料不够，结论就难正确。纯正的文学趣味起于深广的观照，不能见得广，就不能见得深。现在还有一批人盲目地颂扬中国文学，盲目地鄙弃外国文学，这对于中国文学的发展实在是一个大障碍。我们承认中国文学有很多优点，但是不敢承认文学所可有的优点都为中国文学所具备。单拿戏剧小说来说，我们的成就比起西方的实在是很幼稚。至于诗，我们也只在短诗方面擅长，长诗根本就没有。再谈到文学研究，没有一个重要的作家的生平有一部详细而且精确的传记可参考，没有一部重要作品曾经被人做过有系统的研究和分析，没有一部完整而有见解的文学史，除《文心雕龙》以外，没有一部有哲学观点或科学方法的文学理论书籍。我们以往偏在注疏评点上做功夫，不失之支离破碎，便失之陈腐浅陋。我们需要放宽眼界，多吸收一点新的力量,让我们感发兴起。最好我们学文学的人都能精通一两种外国文,直接阅读外国文学名著。为多数人设想,这一层或不易办到,不得已而思其次,我们必须做大规模的有系统的翻译。

谈到翻译,这并不是一件易事,据我个人的经验,译一本书比自己写一本书要难得多。要译一本书,起码要把那本书懂得透彻。这不仅要懂文学,还须看懂文学后面的情理韵味。一般人说,学外国文只要有阅读的能力就够了,仿佛以为这并不很难。其实阅读就是一个难关。许多大学外文系教授翻译的书仍不免错误百出,足见他们对于外国文阅读的能力还不够。我们常易过于自信,取一部外国文学作品从头读到尾,便满以为自己完全了解。可是到动手译它时,便发现许多自以为了解的地方还没有了解或是误解。迅速的阅读使我们无形中自己欺骗自己。因此,翻译是学习外国文的一个最有效的方法。它可以训练我们细心,增加我们对于语文的敏感,使我们透彻地了解原文,文学作品的精妙大半在语文的运用,对语文不肯仔细推敲斟酌,只抱着“好读书不求甚解”的态度,就只能得到一个粗枝大叶,决不能了解文学作品的精妙。

阅读已是一个难关,翻译在这上面又加上一个更大的难关,就是找恰当的中文字句把原文的意思表达出来。阅读只要精通西文,翻译于精通西文之外,又要精通中文。许多精通西文而不精通中文的人所译的书籍往往比原文还更难懂,这就未免失去翻译的意义。

严又陵以为译事三难:信,达,雅。其实归根到底,“信”字最不容易办到。原文“达”而“雅”，译文不“达”不“雅”，那还是不“信”；如果原文不“达”不“雅”，译文“达”而“雅”，过犹不及，那也还是不“信”。所谓“信”是对原文忠实，恰如其分地把它的意思用中文表达出来。有文学价值的作品必是完整的有机体，情感思想和语文风格必融为一体，声音与意义也必欣合无间。所以对原文忠实，不仅是对浮面的字义忠实，对情感、思想、风格、声音节奏等必同时忠实。稍有翻译经验的人都知道这是极难的事。有些文学作品根本不可翻译，尤其是诗（说诗可翻译的人大概不懂得诗）。大部分文学作品虽可翻译，译文也只能得原文的近似。绝对的“信”只是一个理想，事实上很不易做到。但是我们必求尽量符合这个理想，在可能范围之内不应该疏忽苟且。

“信”最难，原因甚多。头一层是字义难彻底了解。字有种种不同方式的意义，一般人翻字典看书译书，大半只看到字的一种意义，可以叫作直指的或字典的意义（indicative or dictionary meaning）。比如指“火”的实物那一个名谓字，在中西各国文字虽各不相同，而所指的却是同一实物，这就是古字典上所规定的。这种文字最基本的意义，最普遍也最粗浅。它最普遍，因为任何人对于它有大致相同的了解。它也最粗浅，因为它用得太久，好比旧铜钱，磨得光滑破烂，虽然还可用来在市场上打交易，事实上已没有一点个性。在文学作品里，每个字须有它的个性，它的特殊生命。所以文学家或是避免熟烂的字，或是虽用它而却设法灌输一种新生命给它。一个字所结的邻家不同，意义也就不同。比如“步出城东门，遥望江南路，前日风雪中,故人从此去"和"骏马秋风冀北,杏花春雨江南"两诗中同有"江南",而前诗的"江南"含有惜别的凄凉意味,后诗的"江南"却含有风光清丽的意味。其次,一个字所占的位置不同,意义也就不同。比如杜甫的名句:"香稻啄残鹦鹉粒,碧梧栖老凤凰枝",有人疑这话不通,说应改为"鹦鹉啄残香稻粒,凤凰栖老碧梧枝"。其实这两种说法意义本不相同。杜句着重点在"香稻"和"碧梧"(香稻是鹦鹉啄残的那一粒,碧梧是凤凰栖老的那一枝),改句着重点在"鹦鹉"和"凤凰"(鹦鹉啄残了香稻粒,凤凰栖老了碧梧枝),杜甫也并非倒装出奇,他当时所咏的主体原是香稻碧梧,而不是鹦鹉凤凰。这种依邻伴不同和位置不同而得的意义在文学上最为重要,可以叫作上下文决定的意义(contextual meaning)。这种意义在字典中不一定寻得出,我们必须玩索上下文才能明了。一个人如果没有文学修养而又粗心,对于文字的这一种意义也难懂得透彻。

此外文字还有另一种意义,每个字在一国语文中都有很长久的历史,在历史过程中,它和许多事物情境发生联想,和那一国的人民生活状态打成一片,它有一种特殊的情感氛围。各国各地的事物情境和人民生活状态不同,同指一事物的字所引起的联想和所打动的情趣也就不同。比如英文中 fire,sea,Roland,castle,sport,shepherd,nightingale,rose 之类字对于英国人所引起的心理反应和对于我们中国人所引起的心理反应大有分别。它们对于英国人意义较为丰富。同理,中文中"风"、"月"、"江"、"湖"、"梅"、"菊"、"燕"、"碑"、"笛"、"僧"、"隐逸"、"礼"、"阴阳"之类字对于我们所引起的联想和情趣也决不是西方人所能完全了解的。这可以叫作“联想的意义”(associative meaning),它带有特殊的情感的氛围,甚深广而微妙,在字典中无从找出,对文学却极要紧。如果我们不熟悉一国的人情风俗和文化历史背景,对于文字的这种意义也就茫然,尤其在翻译时,这一种字义最不易应付。有时根本没有相当的字,比如外国文中没有一个字恰当于我们的“礼”,中文没有一个字恰当于英文的“gentleman”。有时表面上虽有相当的字,而这字在两国文字中情感氛围,联想不同。比如我们尽管以“海”译“sea”或是以“willow”译“柳”,所译的只是字典的直指的意义,“sea”字在英文中,“柳”字在中文中的特殊情感氛围则无从译出。

外国文学最难了解和翻译的第一是联想的意义,其次就是声音美。字有音有义,一般人把音义分作两件事,以为它们各不相关。在近代西方,诗应重音抑应重义的问题争论得很剧烈。“纯诗”派以为意义打动理想,声音直接打动感官,诗应该逼近音乐,力求声音和美,至于意义则无关宏旨。反对这一说的人则以为诗根本不是音乐,我们决不能为声音而牺牲意义。其实这种争执起于误解语言的性质。语言都必有意义,而语言的声音不同,效果不同,则意义就不免有分别。换句话说,声音多少可以影响意义。举一个简单的例来说,“他又来了”和“他来了又去了”两句话中都用“又”字,因为腔调着重点不同,上句的“又”字和下句的“又”字在意义上就微有区别。作诗填词的人都知道一个字的平仄不同,开齐合撮不同,发音的器官不同,在效果上往往悬殊很大。散文对于声音虽没有诗讲究得那么精微，却也不能抹杀。中西文字在声音上悬殊很大，最显著的是中文有，而西文没有四声的分别，中文字尽单音，西文字多复音；中文多谐声字，西文少谐声字。因此，无论是以中文译西文或是以西文译中文，遇着声音上的微妙处，我们都不免束手无策。原文句子的声音很幽美，译文常不免佶屈聱牙；原文意味深长，译文常不免索然无味。文字传神，大半要靠声音节奏。声音节奏是情感风趣最直接的表现。对于文学作品无论是阅读或是翻译，如果没有抓住它的声音节奏，就不免把它的精华完全失去。但是抓住声音节奏是一件极难的事。

以上是文字的四种最重要的意义，此外还有两种次要的，第一种是"历史沿革的意义"（historic meaning）。字有历史，即有生长变迁。中国文言和白话在用字上分别很大，阅读古书需要特殊的训练，西文因为语文接近，文字变迁得更快。四百年前（略当于晚明）的文字已古奥不易读，就是十八世纪的文字距今虽只一百余年，如果完全用现行字义去解，也往往陷于误谬。西文字典学比较发达，某字从某时代变更意义或新起一意义。常有例证可考。如果对文字沿革略有基础而又肯勤翻详载字源的字典，这一层困难就可以免除。许多译者在这方面不注意，所以翻译较古的书常发生错误。

其次，文字是有生命的东西，有时欢喜开一点玩笑，要一点花枪。离奇的比譬可以使一个字的引申义与原义貌不相关，某一行业的隐语可以变成各阶级的普通话，文字游戏可以使两个本不相关而只有一点可笑的类似点的字凑合在一起，一种偶然的使用可以变成一个典故，如此等类的情境所造成的文字的特殊意义可以叫作“习惯语的意义”（idiomatic meaning）。普通所谓“土语”（slang）也可以纳于这一类。这一类字义对于初学是一个大难关。了解既不易，翻译更难。英文的习惯语和土语勉强用英文来解释，还不免失去原有的意味；如果用中文来译，除非是有恰巧相当的陈语，意味更索然了。

从事翻译者必须明了文字意义有以上几种分别，遇到一部作品，须揣摩那里所用的文字是否有特殊的时代、区域或阶级上的习惯，特殊的联想和情感氛围，上下文所烘托成的特殊“阴影”（nuance），要把它们所有的可能的意义都咀嚼出来，然后才算透懂那部作品，这不是易事，它需要很长久的文字训练和文学修养。看书和译书都必有勤翻字典的习惯，可是根底不够的人完全信任字典，也难免误事，他只能得一知半解，文字的精妙处实无从领会。一般英汉字典尤其不可靠，因为编译者大半并不精通外国文，有时转抄日译，以讹传讹。普通这一类字典每页上难免有几个错误或不精确处。单举一两个极普通的字来说，在中国一般学生心里，pride 只是“骄傲”，envy 只是“妒忌”，satisfactory 只是“满意”。其实“骄傲”和“妒忌”在中文里含义都不很好，而 pride“尊荣心”和 envy“欣羡”在英文里却有很好的意思，至于 satisfactory 所“满”的并不一定是“意”，通常只应译为“圆满”。这种不正确的知解都是中了坏字典的毒。

上文只就文字的意义来说，困难已经够多了，如果我们进一步研究语句的组织，又可发现其他更大的困难。拿中文和西文来比较，语句组织上的悬殊很大。先说文法。中文也并非没有文法，只是中文的弹性比较大，许多虚字可用可不用，字与词的位置有时可随意颠倒，没有西文法那么谨严。因此，意思有时不免含糊，虽然它可以做得很简练。其次，中文少用复句和插句，往往一义自成一句，特点在简单明了，但是没有西文那样能随情思曲折、变化而现出轻重疾徐，有时不免失之松散平滑。总之，中文以简练直截见长，西文以繁复绵密见长，西文一长句所含包的意思用中文来表达，往往需要几个单句才行。这对于阅读比较费力。初学西文者看见一长句中包含许多短句或子句，一意未完又插入另一意，一个曲折之后又一个曲折，不免觉得置身五里雾中，一切都朦胧幻变，捉摸不住。其实西文语句组织尽管如何繁复曲折，文法必定有线索可寻，把文法一分析，一切都了如指掌。所以中国人学西文必须熟悉文法，常做分析句子的练习，使一字一句在文法上都有着落，意义就自然醒豁了。这并非难事，只要下过一两年切实仔细的工夫就可以办到。翻译上的错误不外两种：不是上文所说的字义的误解，就是语句的文法组织没有弄清楚。这两种错误第一种比较难免，因为文字意义的彻底了解需要长久的深广的修养，多读书，多写作，多思考，才可以达到；至于语句文法组织有一种规律可循，只要找一部较可靠的文法把它懂透记熟，一切就可迎刃而解。所以翻译在文法组织上的错误是不可原恕的，但是最常见的错误也起于文法上的忽略。

语句文法组织的难倒不在了解而在翻译，在以简单的中文语句来译繁复的西文语句。这种困难的原因很多，姑举几个实例来说明：

1. But my pride was soon humbled, and a sober melancholy was spread over my mind, by the idea that I had taken an everlasting leave of an old and agreeable companion; and that, whatsoever might be the future date of my History, the life of the historian must be short and precarious. —E. Gibbon.

2. This is why those periods have been so exceptional in history in which men who differed from the holders of power have been permitted, in an atmosphere of reasoned calm, to prove the validity of the insight they claim. —H. Laski.

3. All the loneliness of humanity amid hostile forces is concentrated upon the individual soul, which must struggle alone, with what of courage it can command, against the whole weight of a universe that cares nothing for its hopes and fears. —B. Russell.

这三句文字并不算很难，我叫学生试译，意思译对的不多，译文顺畅可读的更少。我自己试译，译文读起来也不很顺口，至于原文的风味更减色不少：

（一）但是我的自豪不久就降下去，一阵清愁在（我的）心头展开,想到我已经和一个愉快的老伴侣告永别;并且想到将来我的史书流传的日子无论多么久,作史者的生命却是短促而渺茫的。

(二)因此,人们和掌权者持异见时,还被允许(可以)在心平气和的空气中证明他们所自以为有的真知灼见是对的,这种时会在历史上很不多见。

(三)人类在各种对敌的(自然)势力之中所感受的寂寞都集中在各个人的心灵上,这各种人的心灵不得不凭它以能鼓起的勇气,孤独地奋斗,去撑持宇宙的全副重压,那宇宙对于它(各个人的心灵)的希冀和恐惧是漠不关心的。

我们感觉的困难有几种。头一种是复句。中文里不常用关系代名词和连接词(relative pronouns and conjunctions)如 which, that, whose, where, when 之类,所以复句少。我们遇着用关系代名词和连接词很多的复句,翻译起来就感到棘手。比如第一例的 by the idea that and that 第二例的 why, in which, who 第三例的 which, that 都很难直译。第一例只好把 by the idea that 译成"想到"。第三例 why 前后文本是一气,译文只好把它译成有停顿的子句"因此", in which 一个插句只好和主句 those periods ... 分开,把主句移置于全句尾。这样译,可以避免冗长笨重的句子如:

这就是为什么那些时期在历史上很是例外,当其中人们和掌权者持异见还被允许……

但是第三例中两个代名词 which 和 that 就无法直译。which 本是代前面的“这各个人的心灵”，中文没有相当的代名词，只好把“这各个人的心灵”复述一遍，that 代前面的“宇宙”也是如此。这样一来，原文一个复句便变成三个单句。它的绵密组织和抑扬顿挫的节奏因此就不能保存了。总之关系代名词和连接词所造成的复句在西文里很自然，在中文里很不自然，译西文复句时常须把它化成单句，虽然略可传达原文的意思，却难保存原文的风味。如果不把它化成单句，读起来就很不顺口，意思既暧昧，风味更不能保存。

其次，我感觉的困难是被动语气（passive voice）。被动语气在西文里用得很多，在中文里却不常见，依中文习惯，在应该用被动语气时，我们仍用主动语气。例如：

他挨打了（他被打了）。

秘密让人发现了（秘密被发现了）。

房子给火烧了（房子被火烧了）。

碗打破了（碗被打破了）。

他不为人所了解（他不被了解）。

孟子不列于学官（孟子不被列于学官）。

如此等例不可胜举。在翻译时,如果遇到被动语气,就很难保存。例如:

It is said that his book has been published.

一句英文,依被动口气,应该译为:

那是被说过,他的书已被发行了。

但是依中文习惯,它应该译为:

据说,他的书已发行了。

上面引自吉本(Gibbon)《自传》里的一段文字只是一个用被动语气的长句,可分析为下式:

<table>
<tr><td>My pride was humbled</td><td rowspan="2">}</td><td>by the idea that ...</td></tr>
<tr><td>a sober melancholy was spread ...</td><td>and that ...</td></tr>
</table>

如果勉强保持原文被动语气,那就成为:

> 但是我的自豪不久就被我已知一个愉快的老伴侣永别那一个念头,和我的史书将来流传的日子无论多么久,而作史者的生命却是短促而渺茫的那一个念头所降伏下去了;而且一阵清愁也被这两个念头散布在我的心头。

一般初学者大半这样生吞活剥地翻译,但是这句话是多么笨重!为求适合中文习惯使语气顺畅起见,被动语气改译为主动语气较为方便。但是西文的被动语气有它的委婉曲折,译为主动语气,就难保存。比如上文所引的拉斯基(Laski)一句中的 men ... have been permitted 依英文被动语气应译为“人们被允许”;依中文习惯应译为“人们可以”;“被允许”和“可以”究竟有一点差别。

第三,原文和译文在繁简上有分别,有时原文简而明;有时原文字多才合文法。译文须省略一些字才简练。比如第一例 whatsoever might be the future date of my History 直译应为“无论我的史书的将来的日子是怎样”,意思就不明白,我们必须加字译为“我的史书将来流传的日子无论多么久”。第二例“人们和掌权者持异见时还被允许……”加了“时”字文气才顺,加了“还”字语气才足。第三例 struggle alone ... against the whole weight of a universe 直译应为“孤独地向宇宙的全副重压奋斗”,但是意思不如“孤独地奋斗,去撑持(或抵挡)宇宙的全副重压”那么醒豁。至于虚字的省略是很容易见出的,第一例 and a sober melancholy was spread over my mind 中 and(而且)和 my(我的)都可以不译。中文用虚字比西文较少,这是文字习惯,可省略的就不必要。

这是关于语句组织的几大困难。此外像词句的位置,骈散长短的分配,中西文也往往不同,翻译时我们也须费心斟酌。在这里我们可以趁便略谈直译和意译的争执。所谓"直译"是指依原文的字面翻译,有一字一句就译一字一句,而且字句的次第也不更动。所谓"意译"是指把原文的意思用中文表达出来。不必完全依原文的字面和次第。"直译"偏重对于原文的忠实,"意译"偏重译文语气的顺畅。哪一种是最妥当的译法,人们争执得很厉害。依我看,直译和意译的分别根本不应存在。忠实的翻译必定能尽量表达原文的意思。思想感情与语言是一致的,相随而变的,一个意思只有一个精确的说法,换一个说法,意味就完全不同。所以想尽量表达原文的意思,必须尽量保存原文的语句组织。因此,直译不能不是意译,而意译也不能不是直译。不过同时我们也要顾到中西文的习惯不同,在尽量保存原文的意蕴与风格之中,译文仍应是读得顺口的中文。以相当的中国语文习惯代替西文语句习惯,而能尽量表达原文的意蕴,这也并无害于"直"。总之,理想的翻译是文从字顺的直译。

一般人所谓直译有时含有一种不好的意思,就是中西文都不很精通的翻译者,不能融会中西文的语句组织,又不肯细心推敲,西文某种说法恰当于中文某种说法,一面翻字典,一面看原文,用生吞活剥的办法,勉强照西文字面顺次译下去,结果译文既不通顺,又不能达原文的意思。许多这一类的译品读起来佶屈聱牙，远比读原文困难，读者费很大的气力还抓不住一段文章的意思。严格地说，这并不能算是直译。

一般人所谓意译也有时含有一种不好的意思，就是不求精确，只粗枝大叶地摘取原文大意，有时原文不易了解或不易翻译处，便索性把它删去，有时原文须加解释意思才醒豁处，便硬加一些话进去。林琴南是这派意译的代表。他本不通西文，只听旁人讲解原文大意，便用唐人小说体的古文敷衍成一部译品。他的努力不无可钦佩处，可是他是一个最不忠实的译者。从他的译文中见不出原文的风格。较早的佛典翻译如《佛教遗经》和《四十二章经》之类，读起来好像中国著述，思想和文章风格都很像是从印度来的。英国人译布瓦洛（Boileau）的《诗艺》，遇着原文所举的法国文学例证，都改用英国文学例证代替。英美人译中国诗常随意增加原文所没有的话，以求强合音律。这些都不足为训，只是“乱译”。

提起“改译”，人们都会联想到英人 Fitzgerald 所译的波斯诗人奥马康颜的《劝酒行》。据说这诗的译文比原文还好，假如这样，那便不是翻译而是创作。译者只是从原诗得到一种灵感，根据它的大意，而自己创作一首诗。近来我国人译西方戏剧，也有采用这种办法的。我们对于这一类成功尝试不必反对，不过从翻译的立场说，我们还是要求对原文尽量的忠实。纵非“改译”，好的翻译仍是一种创作。因为文学作品以语文表达情感思想，情感思想的佳妙处必从语文见出。作者须费一番苦心才能使思想情感凝定于语文，语文妥帖了，作品才算成就。译者也必须经过同样的过程。

第一步须设身处在作者的地位,透入作者的心窍,和他同样感,同样想,同样地努力使所感所想凝定于语文。所不同者作者是用他的本国语文去凝定他的情感思想,而译者除了解欣赏这情感思想的语文的融贯体之外,还要把它移植于另一国语文。使所用的另一国语文和那情感思想融成一个新的作品。因为这个缘故,翻译比自著较难;也因为这个缘故,只有文学家才能胜任翻译文学作品。